KB251421

꿈 목욕

꿈
목
욕

김지연 짧은소설

김지혜 그림

마음산책

김지연

소설집 『마음에 없는 소리』 『조금 망한 사랑』, 중편소설 『태초의 냄새』 등을 썼고 현대문학상, 김만중문학상 신인상, 젊은작가상 등을 수상했다.

꿈 목욕

1판 1쇄 인쇄   2026년 3월   5일
1판 1쇄 발행   2026년 3월   10일

지은이   김지연
그린이   김지혜
펴낸이   정은숙
펴낸곳   마음산책

담당 편집   김수경
담당 디자인   한우리
담당 마케팅   권혁준·조은현
경영지원   박지혜

등록   2000년 7월 28일 (제2000-000237호)
주소   (우04043) 서울시 마포구 잔다리로3안길 20
전화   대표 | 362-1452   편집 | 362-1451   팩스 | 362-1455
홈페이지   www.maumsan.com
블로그   blog.naver.com/maumsanchaek
엑스   x.com/maumsanchaek
페이스북   facebook.com/maumsan
인스타그램   instagram.com/maumsanchaek
전자우편   maum@maumsan.com

ISBN   978-89-6090-980-9   03810

★ 책값은 뒤표지에 있습니다.

내 꿈에 다녀간 이에게.

요즘 나는 자주 기지개를 켠다. 가만히 앉아서 글을 쓰고 있다 보면 어느샌가 등이 공벌레처럼 둥그렇게 말리고 있다는 생각이 들어 의식적으로 몸을 펴려고 알람까지 맞춰두었다. 눈을 감고 크게 기지개를 켜면서 무엇을 하고 있는지 어디에 있는지를 아주 잠깐 잊은 채로 그저 몸을 멀리 늘어뜨리려는 동작에만 집중한다. 가슴을 펼치며 팔을 쪽 뻗는 것뿐이지만 점점 좁아지려는 것만 같던 속마음이 차츰 넓어지는 듯한 개운한 기분이 좋다. 이번 책에 수록된 소설들은 그렇게 틈틈이 기지개를 켜면서 쓰고 다듬었다.

나는 좀처럼 꿈을 꾸지 않는 편인데 가끔은 무척 이상한 꿈을 꿔서 하루 종일 멍한 상태일 때가 있다. 이 소설집의 맨 처음에 수록된 「꿈 목욕」도 실제로 꾼 꿈의 일부이다. 꿈이 섞인 폭포를 맞으며 즐겁게 헤엄을 친 기억이 깨고 나서도 사라지지 않았다. 참 이상한 꿈이다, 그런데 어쩐지 달달하다, 같은 인상이 남아 있었고 그걸 글로 옮겨 쓰는 일은 꽤 즐거웠다. 그래서 아예 마음먹고 참 이상한 일이다, 그런 느낌이 남아 있는 대화들과 장면들을 조금씩 모아보기로 했다.

모으고 보니 이건 별로 이상하지는 않은데 싶은 것도 있었고 다시 생각해보니 이상하다고 할 수 있는 게 무얼까 의심스럽기도 했지만 꿈과 현실을 오락가락하며 글을 모으는 일 역시도 조금쯤은 꿈 같았다. 썼던 글들을 다시 읽으며 편집을 마친 후에 한 권의 책으로 내는 일은 늘 꿈에서 깨어나 현실로 돌아오는 것 같은 실감을 준다.

이 몽상의 여정에 함께해준 분들에게 감사드린다.

2026년 2월 김지연

차례

당신의 꿈으로 갈게요.

당신의 꿈으로 갈게요.

꿈 목욕

길을 잃었다. 잘 아는 동네라고 생각해 방심한 탓이다. 푸른 대문의 집이 있는 모퉁이를 끼고 오른쪽으로 돌면 분명 친구의 집이 나와야 하는데 어쩐지 막다른 골목이었다. 나는 잠깐 앞을 가로막는 벽 앞에 서 있었다. 벽이 어디까지 높아지는지 보려고 차곡차곡 쌓인 벽돌을 따라 고개를 젖히며 어지러워하다가 뒤돌아섰다. 호주머니를 뒤져 지도를 꺼내려고 했으나 호주머니에는 작은 구멍이 나 있었다. 고작 이 정도 구멍으로 지도가 새어 나가다니. 나는 또 어지러워져 어디로 가야 할지도 모른 채 걸음을 옮기기 시작했다. 길을 알지도 못하면서 걸음을 옮기는 것은 길을 더

욱 꼬이게 할 뿐이라는 것을 모르지도 않으면서. 가만히 있으면 결정적인 무언가를 놓치기라도 할 것처럼 서둘렀다.

한참을 이리저리, 언젠가 분명 한 번쯤은 지나간 것 같으면서도 이름을 붙여본 적은 없는 골목길을 배회하다가 다시 또 푸른 대문의 집 앞을 지났다. 아까와 같은 대문인지 난생처음 보는 대문인지 알 수 없어 어안이 벙벙해져 있는 사이 친구의 동네에서라면 들릴 수 없는 소리가 들려왔다. 세차게 쏟아지는 물소리, 어쩌면 폭포 소리였다. 속이 뚫릴 듯 아주 속 시원히 물줄기가 내리꽂히는 소리.

그 소리가 어디에서 오는지 궁금해져 친구의 집을 찾는 일은 잠시 미뤄두고 소리가 나는 방향으로 걸음을 옮겼다. 누가 크게 스피커를 틀어놓은 것은 아닐까. 텔레비전 화면에 장작불 영상을 띄워놓고 가짜 캠핑을 즐기는 사람들처럼 어디론가 떠나지는 못하면서 떠나온 기분을 느끼고 싶어 물소리를 크게 틀어놓은 것은 아닐까. 그 소리를 혼자만 즐기기가 아까워서 동네 사람들 다 들으라고 크게 틀어놓은 것은 아닐까.

폭포 소리와 숨바꼭질을 했다. 골목길 끝의 모퉁이만 돌면 바로 폭포 소리의 정체가 밝혀질 것만 같았는데 소리는 이상하게 점점 가까워졌다가도 다시 멀어졌다. 영영 닿을 수 없는가 보다 포기하고 돌아서면 또 가까워졌다. 골목 구석구석을 헤집어놓고서야 친구의 집도 폭포 소리도 더는 찾을 수 없겠다고 생각하며 포기했을 때 비로소 폭포 소리가 눈앞에 펼쳐졌다.

그건 또 하나의 막다른 길이었다. 고개를 아무리 들어 올려도 끝이 잘 보이지 않는 거대한 암벽에서 실로 폭포가 쏟아지고 있었다. 폭포가 쏟아져 내려 만들어진 못은 열댓 명은 너끈히 헤엄칠 만했고 속이 환히 들여다보일 만큼 투명했다. 모처럼 마주한 폭포에 정신을 잃고 폭포가 떨어져 생긴 샘으로 풍덩 뛰어들었다. 이가 딱딱 부딪칠 만큼 물이 차가웠고 준비운동이 안 된 심장은 잠깐 멎어버렸다.

어쩔 수 없지.

나는 심장이 잠깐 멎은 상태로 물속으로 가라앉았다.

　물속을 떠다니며 나의 죽은 친구도 만나고 사라진 친구도 만났다. 태어나지 못한, 태어난, 죽은, 죽어가는, 죽지 않은, 살아남은, 사라지는, 사라져가는 모든 것이 차가운 물속에 있었다. 내가 잊고 잃었던 시간들, 가보지 못한 시간들도 마구마구 뒤섞여 있었다. 나는 폭포수를 몇 모금이나 벌컥벌컥 들이켜고 다시 또 토해내며 물속의 시간을 만끽했다. 다시 심장이 박동하며 몸에 피가 돌기 시작했을 때 물속을 떠다니던 몸을 세웠다. 못이 깊어 발이 바닥에 닿지 않았는데 수영을 못하는 나는 겁을 내지도 않고 물에 둥둥 떠서 물가에 도착했다. 차가운 물에 연거푸 세수를 했다. 정신이 번뜩 들 만큼 차가운 물이었지만 얼굴을 적시면 적실수록 꿈결 같았다.

　두 손을 모아 물을 퍼내 찬찬히 들여다보자 폭포에서 쏟아져 내린 것은 물만이 아니었다. 내가 밤마다 꾼 꿈들이 폭포처럼 쏟아지고 있었다. 나는 폭포 아래로 헤엄쳐 가서 쏟아지는 꿈들을 온몸으로 받았다. 꿈들에 흠뻑 적셔져 정신을 못 차렸다. 그때 나를 부르는 목소리가 들렸고 내가 길을 한참이나 잘못 들었다는 사실을, 실로 엉뚱한 곳에서 시간을 흘려보내고 있다는 사실을 깨달았다. 끝없는 호명에도 나는 폭포 아래에서 떠날 수가 없었다. 폭포와 함께 꿈들이 내 몸속으로 새어들어 왔다가 빠져나갔다. 곧 다시 흘러들었다. 어떤 차가운 꿈은 내 귓속에 고여 있다가 체온만큼이나 미지근해진 다음에야 귓바퀴를 타고 주륵 흘러내렸다. 주륵, 주르르르륵.

그때 빠져나간 꿈은 무엇이었을까.

그 정체를 알아보려고 막 귓바퀴에서 흘러내린 한 방울의 꿈을 양손 가득 퍼보았지만 꿈은 이미 다른 것과 뒤섞여 생판 딴것이 되어 있었다.

맴맴

난수가 전망 좋은 해변에 있는 부티크 호텔을 사흘 밤이나 예약해주었다. 거듭되는 취업 실패로 내가 무척 크게 상심해 있었기 때문이다. 이력서를 몇 장이나 썼는지 면접에서 몇 번이나 미끄러졌는지 헤아리는 것도 지쳤다. 서류 전형은 그럭저럭 통과하는 편인데 면접에서 자꾸 탈락한다면 성형도 한번 생각해보세요. 취업 게시판에서 그런 글을 보고는 성형외과 상담도 받고 사주를 겸하여 관상을 보는 역술원에도 찾아갔다. 현대사회의 미적 기준에 따라서도 관상학적인 측면에 따라서도 역시 성형을 하는 쪽이 나쁜 선택지는 아닐 것 같았다. 하지만 역시 돈이 문제였다.

꼭 성형 때문만이 아니라 그냥저냥 생활을 꾸려가기 위해서도 얼마간의 돈이 필요했는데 취업을 해야만 돈을 벌 수 있었다. 나는 낙심했고 무기력증에 빠지기 일보 직전이었다. 난수는 그런 내게 필요한 것이야말로 휴식이라며 오롯이 나 혼자만의 시간을 위해 호텔방을 잡아주었다. 내게 필요한 것이 정말 그것이었을까? 나는 알 수 없는 채로 약간은 등 떠밀려 그곳에 갔다.

작은 캐리어 하나를 끌고 호텔에 도착했을 때 나는 난수의 말이 맞다는 사실을 인정했다. 일단 공기부터가 달랐다. 마음의 짐을 완전히 떨쳐버리지는 못했지만 그래도 내게는 휴식이 필요했다. 누군들 안 그렇겠나. 특히나 21세기의 대한민국에서는.

한적한 해변에 있는 호텔은 생각보다도 더 작은 규모였다. 외따로 떨어진 곳에 있어 혼자만의 시간을 누리기에 충분했다. 3층 높이의 건물로 조금 큰 펜션 정도로만 보였다. 하지만 그 점이 마음에 들었다. 대도시에 살면서 면접을 보러 갈 때면 회사가 있는 고층 빌딩의 로비에 주눅이 들곤 했으므로(들어갈 때는 이 회사에 다닐 수도 있다는 기대에 차올랐다가 면접을 망치고 나오면서는 늘 착잡해졌다) 고개를 젖히지 않아도 되는 높이의 아담한 건물을 보자 바로 마음에 들었다.

회전문을 통과해 들어간 로비도 아담했다. 데스크는 비어 있었다. 작은 벨이 있기는 했지만 급할 것은 없었으므로 나는 잠깐 기다렸다. 호텔 로비에서 나는 편백수 같은 향덕인지 한껏 너그러워진 기분이었다.

얼마 지나지 않아 직원이 나타나 내게 웃으며 말을 걸었다.

"안녕하세요?"

캐주얼한 차림의 젊은 여자였다. 이십대 초반 정도로밖에 보이지 않았다.

"안녕하세요. 오늘 예약을 했어요."

"네, 어서 오세요. 실은 오늘 예약한 사람이 한 명뿐이에요."

“저 혼자뿐이라고요?”

“네, 저희가 개업한 지 얼마 안 됐어요. 소문 좀 내주세요.”

어쩌면 직원이 아니라 젊은 오너일지도 모른다고 생각했다. 최소한 가족이 운영하는 곳일 거라고. 어쩐지 매뉴얼에서 벗어난 멘트들 같았으니까.

“그래서 방이 마음에 안 드시면 얼마든지 바꿔드릴 수도 있어요. 아직 인터넷이 안 들어와서 좀 불편하실 수는 있는데…… 일단 한번 가보시죠.”

직원이 데스크에서 나와 내 캐리어를 끌고 앞장섰다. 엘리베이터를 타고 3층으로 올라가 복도 끝까지 갔다. 방문을 여는 순간 빛이 느껴졌다. 바다가 훤히 바라다보이는 방이었다. 안으로 쑥 들어간 직원이 커튼을 젖히자 정오의 햇살을 받은 수면이 그야말로 번쩍거리고 있었다.

“와.”

나도 모르게 탄성을 지르자 직원이 만족스럽다는 듯 내게 키를 건넸다.

"필요한 거 있으면 언제든지 말씀하세요."

직원이 떠난 후 나는 손만 씻고 캐리어에서 편안한 옷을 꺼내 갈아입었다. 그날 오후엔 내내 희디흰 이불에 파묻혀 누워 있기만 했다. 눈을 감고서도 커다란 창을 통해 빛이 쏟아져 들어오고 있다는 게 느껴졌다. 그 빛이 점점 사위어가는 것이 아쉬웠다. 그야말로 무위한 한나절이었으나 이상하게 보람찼다.

눈을 번쩍 뜬 것은 사방이 다 어두워진 다음이었다. 일어나서 불을 켜니 실내가 너무 밝아져 커튼을 칠까 하다가 그냥 두었다. 옆 건물이 손에 닿을 듯 가까운 자취방에서는 낮이든 밤이든 커튼으로 창을 꽁꽁 막아두고 생활했지만 여기서는 창밖에 보이는 것이라곤 바다뿐이었으므로 누군가와 눈이 마주칠까 염려하지 않아도 되었다. 달이 없는 밤이라 검은 밤하늘에 별이 콕콕 박혀 있는 것도 잘 보였다. 취업 정보를 나누는 단톡방에 메시지가 수백 개씩 쌓여 있었지만 읽지 않았다. 다른 친구들이 보낸 톡도 여러 개였지만 그것도 읽지 않았다. 난수에게서는 연락이 없었다. 나는 알림을 꺼놓았다가 그냥 아예 휴대폰을 꺼버렸고 침대에 누워서 창으로 들어오는 빛이나 구경했다.

마냥 누워 있을 수만은 없었던 것은 허기 때문이었다. 먹을 것이라곤 터미널에서 버스를 기다리면서 산 포도맛 젤리뿐이었다. 두 개를 사면 한 개를 더 주는 행사 중이어서 세 개나 사버렸다. 하나는 터미널에서 먹고 두 개가 남아 있었다. 지도 앱을 켜서 주변을 살펴보니 뭔가를 사 먹을 만한 곳이 보이지 않았다. 호텔에 카페가 있긴 했지만 간단한 스낵류만 파는 것 같았다. 그걸로는 성이 차지 않을 게 분명했다. 무언가 따뜻한 것을 먹고 싶었다. 오늘 하루를 지내며 내가 느낀 알 수 없는 만족감을 음식을 통해서도 채우고 싶었다. 배달 앱을 켜봐도 죄다 거리가 멀어 배달비를 5천 원 이상씩 내야만 했고 배달이 가능한 것도 치킨과 피자 같은 기름진 음식들뿐이었다.

아주 맛있는 것이 먹고 싶다기보다는 집밥이 먹고 싶었다. 어제 먹고 남은 반찬과 오늘 새로 한 반찬이 뒤섞여 있는, 어떤 것은 삼삼하고 어떤 것은 또 약간 짜기도 한. 그래

서 밥을 한 숟갈 더 퍼 먹게 되는 그런 밥을. 하지만 먹을
수 없었으므로 포기했고 카페에 가볼까 했으나 그냥 침대
에 누워서 젤리만 씹어 삼켰다. 잠깐 휴대폰을 들여다보다
가 양치도 하지 않은 채 잠에 빠졌다.

다음 날 아침 일찍 눈이 떠졌다. 이상하게 배는 별로 고
프지 않았지만 입안이 찝찝해 얼른 양치질부터 했다. 샤워
를 하면서 오늘 해야 할 일들을 떠올렸다. 해야만 하는 일
은 없었고 하고 싶은 일을 하면 됐지만, 그것을 떠올리기가
쉽지 않았다. 거울 앞에 서서 머리를 털면서 바닷가를 산책
해도 좋겠다고 생각했다. 그 전에 호텔 카페에 들러 조식을
먹고 갈 만한 맛집이 주변에 있는지 찾아보기로 했다. 나
머지 시간에도 딱히 할 일은 없으니 분위기 좋은 카페에서
차나 마시며 시간을 흘려보내도 좋았고 아니면 호텔로 돌
아와 간간이 창밖 풍경을 감상하며 누워 있는 것만으로도
충분했다.

창문을 열자 어렴풋이 파도 소리가 들려왔다. 다시 또 만

족감이 차올랐다. 머리를 말리다 지쳐 잠깐 침대 끝에 멍하니 앉아 창밖이나 보았다. 모래사장에 사람이 한 명도 없어 쓸쓸해 보인다고 생각했을 때 창문의 오른쪽 끝에서부터 흰 개 한 마리가 달려왔다. 개는 신이 난 듯 해변을 마구 내달렸고 다시 왔던 길을 되돌아갔다가 다시 왼쪽으로, 내 시야 밖으로 빠져나갔다. 처음처럼 쓸쓸해진 창밖으로 이번에는 한 사람이 설렁설렁 걸어오기 시작했다. 흰색 셔츠에 회색 추리닝 같은 걸 입고 있었는데 바람이 제법 부는지 옷자락이 마구 펄럭거렸다. 개가 다시 돌아와 사람의 꽁무니를 쫓으며 방방 뛰었다. 무척이나 신나 보이는 방방거림이어서 나도 개와 함께 산책을 하고 싶어졌다. 그때 사람이 멈춰 서더니 주머니에서 무언가를 꺼내 한참 보았다. 아마도 휴대폰인 것 같았다. 잠시 뒤 둘이 다시 시야에서 사라져 나도 자리에서 일어났다.

전혀 특별할 것 없는 나의 계획, 계획이랄 것도 없는 그 계획은 조식을 먹는 일에서부터 좌절되었다. 직원이 아무도 없었던 것이다. 1층 카페에 갔다가 아무도 없어 로비에 앉아 한참을 기다렸지만 아무도 나타나지 않았다. 도대체 무슨 일인지를 알 수 없어 멍하니 앉아 있기만 했다. 그때 데스크에 있던 전화가 울리기 시작했다. 나는 고민하다가 전화를 받았다.

"여보세요."

"백송희 씨? 송희 씬가요? 왜 휴대폰 전화는 안 받으시나요? 메시지는 확인하셨나요?"

여자는 그동안 무척이나 난감했었다는 듯 말끝에 한숨처럼 시발…… 하고 작게 읊조렸다. 나는 그걸 못 들은 사람처럼 물었다.

"도대체 무슨 일이죠?"

"직원들이 모두 앓아누웠어요. 저는 감염병에 걸려서 격리를 해야 하고요. 송희 씨도 어쩌면 감염되었을지 몰라요. 그래서 일주일간 호텔을 떠나실 수 없어요."

나는 기가 차서 헛웃음을 지었다. 하지만 그녀는 진지했고 이것은 코로나19와는 차원이 다른, 훨씬 더 심각한 수준의 감염병이라고 했다. 나는 그런 병에 대해서 들어본 적이 없었기 때문에 그녀가 농담을 하고 있는 것만 같았다. 아니면 내가 아직 잠이 덜 깼거나. 어쩌면 그녀와 난수가 아는 사이일지도 몰랐다. 갓 오픈해 누구도 예약하지 않은, 아직 인터넷 선도 제대로 깔리지 않은 호텔을 잡은 것이 다시 생각해보니 수상했다. 하지만 그렇다고는 해도 이런 일을 꾸밀 이유는 없었다. 안 그래도 삶이 팍팍한 취준생인 나에게 나의 가장 가까운 절친이 이런 시련을 안겨줄 이유는 없는 것이다.

"그래서 지금 호텔에 저뿐이라고요?"

"그건 아니죠. 관리인이 있어요. 그 사람이 송희 씨를 도와줄 거예요."

"그 사람은 지금 어디 있는데요?"

나는 어디 있는지 모르는, 이름이 뭔지도 어떻게 생겼는지도 모르는 사람이 나와 같은 호텔에 있다는 사실에 약간 무서워졌다.

"호텔에 있죠. 지금 호텔에 있어요."

전화를 끊기 전에는 내가 앞으로 일주일 동안 해야 할

일을 자세히 설명해주었다. 그러나 가만히 듣고 있자니 그것은 내가 해서는 안 되는 일들의 목록이었다.

불행 중 다행으로 원래 예약한 사흘 치의 숙박료를 초과한 숙박료는 부담하지 않아도 된다고 했다. 식사는 도시락으로 제공할 예정이며 호텔을 벗어나서는 안 된다고 했다. 호텔 내에서도 지나치게 이곳저곳을 돌아다니지는 말아달라고 부탁했다. 아니, 경고였나? 그렇다면 내가 할 수 있는 일은 호텔방 안에서 텔레비전을 보거나 휴대폰 게임을 하거나 창밖을 구경하거나 잠을 자는 것뿐이었다. 원래도 그게 내게 주어진 임무이기는 했었다. 호텔에 머무는 동안 모든 번뇌를 잊고 먹고 자는 것. 그 때문에 난수는 침구가 가장 편안하다는 곳을 골랐다고 했다. 샤워 부스도 따로 없는 원룸에 살면서 욕조에 몸을 담그는 일은 동네 목욕탕에 가지 않는 이상 불가능했으므로 호텔 욕조에 배스 밤을 풀고 맘 편히 푹 몸을 담그고 싶기도 했다. 그럴 수 있는 시간이 연장되었으므로 반가워해야 하는 것일까? 하지만 의도하지 않은 휴식은 오히려 마음을 불편하게 만들 뿐이었다.

나는 모른 척하고 있었던 집안일들, 다가오는 채용 일정들, 내가 해치울 수밖에 없는 내 몫의 일들, 그리고 장미를 떠올렸다.

난수가 생일날 내게 준 꽃다발에 있던 노란색 장미였다. 너무 예뻐서 시드는 게 벌써 아쉽다고 했더니 난수는 그 꽃을 오래 볼 수 있는 방법을, 어쩌면 영원히 간직할 수 있는 방법을 알려주었다.

"제일 쉬운 방법으론 드라이플라워가 있지. 빨래 건조대 같은 데 거꾸로 매달아놓으면 돼. 네 방은 건조한 편이니까 금방 마를 거야. 다 마른 다음에 병에 넣어 밀봉해두면 돼. 근데 아무래도 생화일 때의 맛은 안 살지. 그리고 그거 알아? 풍수지리학적으로 집에 드라이플라워를 두면 안 좋대.

두 번째로는, 레진 아트 알아? 레진에 가둬버리는 거야. 아직 싱싱할 때, 줄기는 잘라 버리고 꽃만 남겨서 만들면 돼. 똑같은 사이즈의 사각 틀로 여러 개를 만들어서 원하는 만큼 쌓아둘 수도 있을 거야. 아주 생생한 색깔로 살릴 수 있지. 근데 좀 쉽지 않긴 해. 나도 해본 적은 없어.

마지막으론 다시 흙에 심는 거야. 지금 피어 있는 꽃은 곧 시들어버리겠지만 뿌리를 내리고 나면 다음 해엔 새 꽃을 볼 수 있지. 물론 뿌리가 날 거라고 100퍼센트 장담할 순 없는데 장미 정도면 꽤 성공률이 높은 편이야.”

나는 난수가 제시한 안들을 검토해본 다음, 인터넷에서 ‘절화 키우는 방법’을 검색해 가장 먼저 나온 블로그에서 시키는 대로 했다. 녹소토를 사서 꽃과 잎을 떼 줄기만 남은 것을 꽂은 다음 물이 마르지 않게 잘 관리했다. 그저께까지는.

하루이틀 정도는 무난히 버틸 것 같았다. 하지만 난수가 말한 대로 우리 집은 건조한 편이라 사흘째에는 어떻게 될지 장담할 수 없었다. 영원히 간직하고 싶었는데. 난수에게 집을 좀 들여다봐달라고 하려다가 난수의 집이 우리 집과 편도 두 시간 거리인 것을 상기하며 참았다. 대신 다음에 또 꽃다발을 사달라고 하기로 마음먹었다.

방으로 돌아왔더니 문고리에 도시락이 달려 있었다. 로비까지 왔다 갔다 하는 사이 사람의 기척을 전혀 느끼지 못했기에 무척 신기했다. 창문 밖 풍경을 벗 삼아 아침밥을 먹었다. 창밖 풍경이란 건 심심하기 짝이 없었으므로 그제야 나도 내 휴대폰을 볼 생각이 들었다. 전원을 켜자마자 메시지들이 속속 도착하기 시작했다. 호텔 직원의 말은 사실이었다. 어디서부터 시작됐는지조차 알 수 없는 새로운 감염병이 돌기 시작해 외출이 금지됐고 취준 단톡방에 쏟아진 정보들에 따르면 채용 일정도 모두 올 스톱되었다. 차라리 잘됐다고 생각하는 마음이 반, 다시 또 조급해지는 마음이 반이었다. 휴대폰 배터리가 거의 다 닳아 충전을 하려고 했는데 충전기를 가져오지 않았다는 사실을 깨달았다. 그래도 호텔이니까 어디에선가 빌릴 수 있을 거라고 잠깐 기대했다가 지금이 비상사태라는 걸 깨닫고 대책이 떠오를 때까지 휴대폰을 꺼두기로 했다. 관리인이라는 사람이 어디 있는지 알 수가 없어서 데스크에 '휴대폰 충전기를 구할 수 있을까요? -205호'라고 쓴 메모를 올려놓았다. 혹시나 해서 내 방문에도 붙여두었다.

그 밖에, 내가 할 수 있는 일은 없었다. 호텔방에 누워서 내 기분을 다스리는 일뿐이었다. 난수가 권했던 그 일. 호텔에서의 삶이라는 건 그게 다였다. 거기에서 나는 내 기분만 잘 보살피면 됐다. 모든 것은 어제와 마찬가지로 변함없이 쾌적하게 유지되므로 나는 그 밖의 것들에 대해서는 신경 쓰지 않고 그저 나에 대해서만 신경 쓰면 된다. 하지만 무료함은 어떻게 이길 수 있을까? 방에만 있으려니 답답해 잠깐 나갔다 오기로 했다. 호텔 바로 앞에 있는 해변 정도는 괜찮을 것 같았다. 어차피 사람이 거의 없었고 내가 감염이 됐는지 아닌지도 알 수 없었다. 이대로 그냥 집으로 돌아가도 상관없지 않나 싶었는데 버스도 기차도 운행을 하지 않는다고 했다. 정확히는 몰라도 심각한 무슨 일인가가 벌어지고 있었다.

나는 잘 알지도 못하는 개를 그리워하며 해변을 걸었다. 바람이 좀 불긴 했지만 여러 겹 옷을 껴입어 대비를 단단히 했기 때문인지 그리 춥진 않았다. 잠깐 모래사장에 앉아 파도가 밀려왔다가 다시 밀려가는 것을 보았다 매번 미묘하게 다른 높이로 다른 거리를 밀려와 다른 포말을 남기고 떠나는 것이 볼만하다고 생각했다. 한참이나 그 풍경에 매료되어 있다가 엉덩이를 털고 방으로 돌아왔다.

방은 말끔히 청소되어 있었다. 내가 막 도착했을 때처럼. 방문에 붙여두었던 메모는 온데간데없고 그에 대한 회신도 없었다. 나는 관리인이라는 사람이 혹시 한글을 읽지 못하는 외국인은 아닐까 생각했다.

셋째 날에도 똑같은 하루가 이어졌다. 아침에 잠에서 깨어 창밖의 개와 남자를 구경하고 문고리에 걸린 아침을 먹고 나 역시도 잠깐 산책을 하고 파도를 보며 앉아 있다가 엉덩이를 털고 일어났다. 그리고 돌아오면 방은 말끔해져 있었다. 어제처럼, 막 도착했던 날처럼. 특별할 것 없는 일이었다. 호텔이었으므로. 하지만 이런 상황에서 누군가 내가 머무는 방을 다녀갔다는 것이 어쩐지 썩 내키지 않았다. 잠들기 전에는 포도맛 젤리를 먹었다. 이번에는 잊지 않고 양치질도 했다. 천장을 보고 누워 있다가 밤하늘의 별을 보다가 일기도 썼다.

그다음 날 아침에도 또 방방거리는 개를 보다가 남자의

옷자락이 펄럭이는 걸 보다가 한순간, 저이들은 정말 똑같은 패턴으로 산책을 하네,라고 생각했다. 매일의 루틴을, 어쩌면 몸에 밴 버릇을 정말이지 성실하게 이행하네, 하고. 문고리에 'Do not disturb' 팻말을 걸어두고 산책을 나갔다 돌아왔다. 그럼에도 방은 깨끗이 청소되어 있었다.

완전히 소통에 실패했다는 데 난감함을 느끼며, 누군지 알 수 없는 이와 단둘이 호텔에 있다는 데 약간의 공포를 느끼며 침대에 누워 오후를 보냈다. 달리 뭘 할 수 있겠는가. 침대에 누워 천장의 실링팬을 무심히 보며 포도맛 젤리를 씹다가 그런 생각이 들었다. 이렇게까지 깨끗할 수가 있나?

같은 하루가 반복되고 있다는 사실을 깨달은 것은 다섯째 날 아침이었다. 역시나 아침 산책길에 나선 개를 구경하다가 그저 비슷한 패턴으로 산책하는 수준의 동선이 아니라는 것을 깨달았다. 개는 어제의 그 개였다. 남자는 어제의 그 남자였고. 관리인이 내 부름에 응답하지 않는 것두 내가 어떤 하루에 갇혀 있기 때문이었다! 나는 모든 걸 깨달았다는 생각으로 침대에서 벌떡 일어났다가 잠시 후 조금 정신을 차리고 사람이 오랫동안 다른 사람과 소통하지 않으면 역시 맛이 가버리는구나 생각했다. 어쩐지 좀 초조해져서 당이라도 섭취해야겠다는 생각에 남아 있던 젤리 한 봉지를 뜯었다.

나 자신이 서서히 말라가고 있다는 기분이 들었다. 드라이플라워가 되는 건 정말 못 할 짓이야. 물기를 다 잃고 채도도 잃고, 예전과 비슷한 구석이 있긴 하겠지만 완전히 다른 존재가 되는 거지. 그때는 죽은 거니까. 시체를 계속 보관하는 것과 마찬가지야. 투명한 레진으로 온몸을 보호하는 것은 또 어떻고. 산소와의 접촉을 완전히 차단해 시간이 봉인되는 것은 어떤 기분일까. 영원히 변하지 않는다는 것은. 썩지 않고 마르지 않고 색을 잃을 일도 없다는 것은. 그건 산 채로 매장당하는 것과 또 다르지 않지. 나의 코어를 다른 곳에 옮겨 심어 거기서 다음의 삶을 살아가는 건 어떨까. 과거의 형태를 조금은 간직한 채로 새롭게 적응해나가는 것은 어쩌면 할 수 있는 일일지도 모르지. 그래서 내

가 삽목을 선택했는지도 모른다. 장미에게도 시간을 더 주고 싶어서. 나 역시도 장미의 시간을 조금 더 갖고 싶어서.

여섯째 날 아침에는 일찌감치 해변으로 나서서 개가 오기를 기다렸다. 예정된 시간이 가까워지자 개는 남자와 함께 저 멀리서부터 걸어오기 시작했다. 개는 무척 즐거워 보였다. 붉은 혓바닥을 빼 헥헥거렸고 누구든 반갑다는 듯 내게도 달려와 인사를 하려고 했지만 남자가 목줄을 잡아끌었다.

"저기요."

스쳐 지나려던 남자를 부르자 남자는 슬쩍 고갯짓만 할 뿐 입을 열지는 않았다. 시국이 시국이다 보니 나를 약간 경계하는 듯도 했다.

"저는 저기 호텔에 묵고 있어요."

내가 해변에서 바라보이는 호텔을 가리키자 남자는 약간 의아한 표정으로 고개를 갸우뚱했지만 여전히 별말은 하지 않았다.

"저 창에서는 여기가 잘 내려다보이거든요. 그래서 며칠

간 아침마다 산책하시는 걸 봤어요. 무척 즐거워 보이시더라고요."

남자는 고개를 저었다.

"아침마다요? 저는 오늘 처음 나왔는걸요."

나는 조금 놀랐다. 터무니없는 가설이라고 생각했는데 남자가 하는 말은 내 가설이 맞을지도 모른다고 부추겼다. 그래서 나는 남자에게도 그 가설을 밝히기로 했다.

"너무 이상한 얘기 같지만요. 저는 그쪽을 벌써 닷새째 봤어요. 이렇게 걷다가요. 개가 먼저 저쪽으로 가고요. 그리고 당신 휴대폰이 울려요. 그럼 주머니에서 폰을 한참 보다가 개를 데리고 다시 왔던 길을 돌아가는 거예요."

그때 남자의 휴대폰에서 알람 소리가 들렸다. 남자는 조금 놀랐다는 듯 눈을 치켜뜨고는 주머니에서 휴대폰을 꺼냈다. 남자는 휴대폰을 확인하고는 다시 주머니에 넣었다.

"그래서 무슨 말씀을 하시고 싶은 건가요?"

"오늘이 며칠이에요?"

"타임루프물에 갇히기라도 했을까 봐요?"

　남자는 다시 휴대폰을 꺼내 화면에 찍힌 날짜를 내게 보여주더니 미친 여자를 대하듯 굴지 않고 호탕하게 웃으면서 개의 목덜미를 쓰다듬으며 대꾸했다.

　"자, 보세요. 저희 갇혀 있는 건가요? 그렇다면 다행이에요. 이게 저의 행복이거든요."

　그 말을 남기고 남자가 떠난 뒤에 나는 난수에게 전화를 걸었다.

　"난수야. 아무래도 내가 타임루프물에 갇힌 것 같아."

　난수는 잠깐 아무 말도 않다가, 한숨을 푹 내쉬더니 대꾸했다.

　"몰랐어? 인생이란 건 기본적으로 타임루프물이야. 매일 똑같은 하루가 반복되는 거지."

　내가 갇힌 시간 속에서 맴만 돌고 있다는 생각을 하지 않은 것은 아니다. 모두가 전진하는데 나만 시간 속에 갇힌 것 같았다. 그걸 알면서도 그 난관을 돌파할 묘책을 궁리하지는 않고 절대 주인공은 아닌 사람처럼 똑같은 일만 반복하며 살아가고 있다는 생각도 들었다.

“내가 알려줄게. 갇힌 시간에서 빠져나오는 법 말이야.”

아는 것이 많은 난수는 그것 역시도 알고 있다는 듯 운을 떼었다. 하지만 나는 난수가 뭐라고 말하기 전에 얼른 그 입을 막아버렸다.

“아니, 아직은 아니야.”

난수는 어이가 없다는 듯 하하하 웃었다.

나는 난수와 전화를 끊고 또 멍하니 해변에 앉아 있었다. 아직은 아니야. 다시 한번 생각했다. 아직은 이 시간 언저리를 조금 더 맴돌고 싶었다. 물밀 듯이 쏟아져 내리는 시간에서 잠깐 떨어져 나와 멈춰 있고 싶었다. 유예일 수도, 모른 척일 수도 있겠지만 그저 잠깐만 쉬고 싶었다. 몸도 마음도 모든 것을 비워두고 내 기분만 살피면서. 그다음에 다시 일상으로 돌아가면 그때는 원하는 방향으로 원하는 만큼 나아가고 싶었다. 어디로 가야 할까. 머릿속으로 가고 싶은 곳을 미리 빙글빙글 돌아다니다가, 그렇게 원하는 만큼 해변에 머물다가 엉덩이를 털고 일어나 호텔로 향했다. 막 로비에 들어서자 데스크에 있던 전화가 울리기 시작했다. 나는 고민하다가 전화를 받았다.

"여보세요."

"백송희 씨? 송희 씬가요? 왜 휴대폰 전화는 안 받으시나요? 메시지는 확인하셨나요?"

여자는 그동안 무척이나 난감했었다는 듯 말끝에 한숨처럼 시발…… 하고 작게 읊조렸다. 나는 그걸 못 들은 사람처럼 물었다.

"도대체 무슨 일이죠?"

나는 잠자코 직원의 다음 말을 기다렸다.

모나카

우리가 장례식장에서 가장 많이 한 일은 웃고 떠드는 것
이었다. 검은 상복을 입고 조문객들을 맞으며 인사를 하고
손을 맞잡고 국밥을 나르고 배웅을 하고 난 다음에 손님들
이 뜸해져 한갓진 시간에는 모두 벽에 몸을 기댄 채 다리
를 펴고 앉아 시시껄렁한 농담을 주고받으며 웃었다. 커피
를 타 마시고 과일을 깎아 먹고 자주 보지 못했던 시간 동
안 일어난 일들에 대해 묻고 따지고 피차 귀담아듣지 않을
잔소리를 길게 늘어놓았다. 산발적으로 울음이 터져 나오
기도 했는데 누구 하나 우는 사람을 말리지도 달래지도 않
고 그냥 내버려두었다. 울음이 시작될 때에는 잠깐 정적이

흘렀고 모두들 우는 사람을 물끄러미 바라보기는 했다. 아운다, 생각한 다음에 외할머니와 그 사람의 관계를 돌아보면 나도 괜히 찡해졌다. 하지만 이모가 울기 시작했을 때 미경 언니는 내 어깨를 툭 치고는 쟨 왜 운대, 하고 속삭였다. 그야 외할머니가 죽었으니까, 생각했지만 대답하지는 않았다.

이모는 진짜 이모는 아니라고 했다. 그래서 누군지는 큰외삼촌도 작은외삼촌도 엄마도 정확히 몰랐다. 외할머니는 알 테였지만 알려주지 않고 죽었다. 큰외삼촌의 막내딸인 미경 언니보다 세 살 어린 막내이모는 일고여덟 살 때 외가로 들어왔다고 했다. 그때는 모두 결혼을 해 따로 살아서 그런 사정을 모르고 있다가 그해 추석 외가에 들러서야 알게 되었다. 집 안에 모르는 여자아이가 있어 앤 누구예요? 물었더니 외할머니가 내 딸이다, 했다는 것이다. 나는 막 태어났을 때라 그 일이 기억에 남아 있지 않다. 온 집 안에 난리가 난 것은 당연한 일이었다. 할아버지가 밖에서 낳아 온 자식이 아닐까 의심했으나 계산이 맞지 않았다. 당시는 외할아버지가 죽은 지 10년도 더 된 때였다. 그래서 외삼촌들도 의심을 받았다. 자식이 저지른 일을 무마하려고 외할머니가 뒤집어쓴 것 아니겠냐는 말이었다. 그런 의심 때문에 외삼촌들은 막내이모와 거의 말도 섞지 않았고 엄마는 처음으로 애를 키우느라 정신이 없어 다른 데 신경 쓸 겨를이 없었다고 했다. 한번 시기를 놓치니 친해질 기회는 쉽게 오지 않았다. 어차피 외가를 찾는 일도 1년에 명절 때 한두 번뿐이라 나 역시 이모와 가까워질 기회가 없었다.

핏줄이 아니라고 해도 20년 넘게 함께 살면서 엄마라고 부르며 따르던 사람이 죽었는데 울지 않을 도리가 있을까 싶었지만 미경 언니는 이모가 우는 것이 영 못마땅한 모양이었다. 미경 언니가 고등학교에 들어갈 때 큰외삼촌은 이혼을 했는데 이모가 거기에 일말의 책임이 있다고 믿는 눈치였다. 이모의 정체를 외할머니가 아무에게도 속 시원히 털어놓지 않았다는 것이 문제였다. 이모는 외할머니를 조금 닮기도 했는네 그긴 결국 큰외삼촌을, 또 작은외삼촌을 조금씩 닮았다는 뜻이기도 해서 외숙모들은 모두 혹시나 혹시나, 하는 의심을 완전히 떨쳐버리지 못했다. 그래도 작은외삼촌은 그런 의심을 살 만한 짓을 할 위인이 못 된다는 점을 누구나 쉽게 합의할 수 있는 반듯한 사람이었기에 금방 의심에서 벗어났다. 하지만 큰외삼촌은 원체 사람을 좋아하고, 특히 여자를 더 좋아했던 사람이라 그전부터 종종 외숙모의 의심을 샀다. 그래도 결정적인 잘못을 저지르지는 않았던 탓인지 갈라서지는 않고 한 지붕 아래에서 한 솥밥을 먹으며 살아가고 있었지만 어느 날 갑자기 나타난 이모 때문에 자주 싸웠고, 자주 싸우다 보니 밖으로만 나돌다가 이번에는 진짜로 다른 여자랑 눈이 맞았다. 그럼에도 마지막 순간에는 다시 집으로 돌아왔다. 차라리 맨 처음 바람을 피우다 걸렸을 때 이혼을 했으면 더 일찍 평화가 찾아왔을 텐데 그러지 못해서 큰외삼촌네는 늘 싸움이 끊이지 않았다. 그런 반복 속에서 살다가 결국 지쳐 헤어지고만 것이 이모의 잘못이라고 할 수 있을까. 차라리 외할머니가 속 시원히 정체를 밝혀주었다면 좋았을 것이다. 집안 돌아가는 꼴을 보다 못한 엄마가 나서서 친자확인 유전자

검사를 했는데 이모가 외가 쪽 핏줄이 아니라는 점은 확실했다.

그렇다면 도대체 이모는 누구란 말인가? 가족들은 모두 외할머니가 죽기 전에는 밝히고 떠나지 않겠는가 믿었던 모양이지만 외할머니는 어느 날 밤 평소처럼 잠들어서는 다음 날 아침 깨어나지 않았다. 가지런하고 고요한 죽음이었다.

장례를 치른 후 엄마는 사흘을 앓아누웠다. 그 3일 동안 나는 내가 얼마나 엄마에게 의지하고 있었는가를 깨달았다. 아침에 눈을 떴을 때부터 잠자리에 들기까지 엄마는 그야말로 내 수발을 들고 있었다. 고3이라는 이유로 쌓인 스트레스를 맘 놓고 푸는 대상이기도 했다. 아빠도 마찬가지였다. 아무리 정신이 없어도 아침밥은 챙겨 먹고 출근하던 아빠가 손수 아침밥을 차린 건 결혼 후 거의 처음이었다. 냉장고에 있던 반찬을 꺼내 그릇에 담고 달걀을 하나 굽는 게 다였지만. 너네 엄마 아직 누워만 있냐? 누워 있는 거

같긴 한데, 아빠가 보고 와. 너 요새 점수는 잘 나오냐? 성적표 갖고 온 거 안 봤어? 엄마가 빠진 식탁에 앉아 우리는 듬성듬성 이가 빠진 것 같은 대화를 나누었다.

엄마가 깨어나서 가장 먼저 한 일은 이모에게 전화를 걸어 외할머니 이야기를 나누다가 운 것이었다. 내가 학원을 마치고 집으로 돌아왔을 때 엄마는 안방 침대에 걸터앉아 소리 죽여 울고 있었다. 스피커폰으로 전화를 받고 있어 이모의 목소리가 엄마의 울음소리보다 더 크게 들렸다.

언니, 울고 싶으면 언제든 전화해요.

외할머니가 살아 계실 때 엄마와 이모가 어떤 사이였는지 떠올려보니 엄마가 조금 낯선 사람처럼 느껴졌다. 엄마는 외삼촌들처럼 이모와 완전히 거리를 두지는 않았지만 그렇다고 가까운 사이도 아니었다. 가끔은 나이가 차도 결혼할 생각은 하지 않고 외할머니 댁에 붙어사는 이모를 못마땅해하는 것 같기도 했다. 어릴 때야 의지가지없는 것이 가여워 데려와 돌봐주었다고는 하나 다 큰 다음에도 독립하지 않고 함께 사는 것은 이상했다. 이러다 고향집이며 논

밭이며 다 그 애한테 물려준다고 하는 거 아냐? 어느 날엔 가는 큰외삼촌과 통화하다가 그런 이야기도 했다. 실제로 이모가 물려받은 것은 없었다. 외할머니는 고향집을 엄마에게 물려주었고 나머지를 외삼촌들이 나누어 가진 것 같았다. 그래서 장례가 끝난 후 외삼촌들은 매일매일 엄마에게 전화를 했다. 그 집 어쩔 거야? 그 애가 계속 살게 둘 거야? 나도 엄마가 그 집을 어떻게 할지 궁금했다. 어쩌면 처음 이모에게 전화를 건 이유도 그 집에 대해 상의하기 위해서였을지 모른다고 생각했다. 하지만 엄마는 울면서 전화를 끊었다.

그 뒤로도 종종 엄마는 이모에게 전화를 걸었다. 요즘 왜 그렇게 이모랑 자주 통화해? 그럼 너네 외할머니 얘기를 누구랑 하겠니? 외삼촌들은 함께 수다를 떨기에 적합한 인간들이 못 되었고 외할머니의 유산에만 관심이 있는 사람들이었다. 엄마의 말에 따르면 외할머니의 사랑은 있는 대로 다, 자신의 것까지 빼앗아 다 받았으면서 외할머니를 향한 마음은 그다지 살뜰하지 않은 인간들이었다.

엄마는 이모에게 외할머니의 마지막 며칠이 어땠는지를 세세히 묻고, 임종을 지키지 못한 것을 미안해하고, 이모에게 고마워하고, 울고, 또 이모를 달래고, 그러다 또 같이 울다 전화를 끊었다. 그리고 어느 주말에 외가에 다녀올 계획인데 나더러 같이 가지 않겠냐고 물었다. 차로 네 시간은 가야 해서 망설이며 할머니도 없는데 뭐 하러 가냐니까 이모를 보러 간다고 했다. 아빠는 엄마를 혼자 보내는 게 걱정되는지 내 등을 떠밀었다. 하루이틀 다녀오는 건 괜찮지 않냐고 너도 바람을 좀 쐬야 한다면서.

외가로 가는 길에는 가을이 와 있었다. 도심에 살면서는 잘 느낄 수 없는 가을이 쉽게 느껴져서 공간을 이동하고 있는 게 아니라 시간을 뛰어넘고 있는 것만 같았다. 시외버스를 타고 가다 시내버스로 갈아탄 다음에도 한 시간은 더 들어가야 하는 작은 시골 마을이었다.

시내버스에서 내리자마자 콧속으로 느껴지는 공기도 어쩐지 서울에서보다는 훨씬 더 가을에 가까운 것 같아 나는

크게 숨을 들이쉬었다. 도착했을 때는 2시가 다 되었는데 버스를 타고 오느라 점심을 제대로 먹지 못했다고 하니까 이모가 밥상을 차려주었다. 엄마는 아직 나이도 어린 이모가 외할머니 손맛을 꼭 닮았다며 부러워했다. 아니, 부러워한 게 아닌지도 모른다. 그리워한 것 같다. 엄마는 울 것 같은 표정으로 울외장아찌를 먹었다. 에이, 언니. 엄마 손맛을 어떻게 따라가요. 그건 엄마가 만든 거예요. 그래도 내가 레시피는 다 받아놨어요. 엄마는 이모가 무어라 말할 때마다 잘했다 잘했다, 추임새처럼 곁들였는데 그저 울음을 참으려고 그러는 것 같았다. 엄마와 이모는 또 한참 수다를 떨었다. 나는 외할머니에 대한 추억이 별로 없었으므로 낮잠에서 깨서도 대화에 끼지 못하고 텔레비전을 보거나 휴대폰을 들여다보다 잠들었다. 저녁 먹으라는 소리에 깨어보니 또 밥상 가득 음식이 차려져 있었다.

저녁을 먹고 엄마는 이모와 또 한참 이야기를 나누다가 지쳐 잠들었다. 나는 종일 버스에서 가만 앉아 있다가 먹고 잔 것밖에 한 게 없어 그런지 몸이 조금 찌뿌듯한 것만

빼면 기운이 났다. 그마저도 마당을 오가며 스트레칭을 몇 번 했더니 개운해졌다. 숨을 크게 들이켜고 또 내쉬면서 서울에서보다 조금 더 일찍 가을을 맞이하는 기분을 만끽했다. 모기가 달려드는 것 같아 방으로 들어갈까 했지만 오랜만에 확 트인 하늘에 보이는 달이 신기해서 마당의 평상에 앉아 달구경을 했다. 이모가 나와 안 추워? 하고 묻기에 안 춥다고 했지만 이모는 얇은 담요 하나를 가져다주었다. 이모는 달 예쁘다, 하며 내 옆에 앉았다. 오늘 보름인가 봐. 소원 빌어, 소원. 나는 달 기운을 빌려 오래전부터 궁금했던 것을 물어보기로 했다.

"이모는…… 어떻게 여기로 오게 됐어요?"

별로 불러본 적이 없고, 나이 차이가 많이 나는 것도 아니어서 이모라 부르는 게 어색했다.

이모는 자기도 모른다고 했다. 그래도 여덟 살쯤이면 기억이 있을 텐데 외할머니 댁으로 오기 전에는 어디서 누구와 살고 있었는지 기억나지 않냐고 물었더니 이모는 웃었다. 우습게도 그 이전의 기억이 전혀 없다고 했다. 희미하게라도 남아 있는 장면조차 없다고 했다. 외할머니도 알려 주지 않았다. 아무리 물어도 너는 내 딸이다, 하고 말았다는 것이다.

"그래서 나는 그냥 날 때부터 여덟 살이었던 걸로, 태어났더니 이미 여덟 살이나 먹었던 걸로, 엄마의 딸로 태어난 걸로, 그렇게 여기기로 오래전에 마음먹었어."

"그런 게 어딨어요."

나도 모르게 불쑥 튀어나온 말에 이모는 또 웃더니 나지막이 중얼거렸다.

"그런 건 없지."

"정말 기억이 안 나요? 다들 엄청 궁금해하잖아요. 할머니도 얘기 안 했어요?"

이모는 고개를 저었다.

"제일 오래된 기억은 넌 도대체 누구냐고 묻는 삼촌들이야."

"우리 엄마는 언니면서 삼촌들은 또 삼촌들이에요?"

"내가 자기들 없는 자리에서라도 오빠라고 부른 거 알면

기겁할걸?"

"그건 그렇네요."

"내가 어디에서 왔는지 제일 궁금한 사람은 나 아니겠어? 삼촌들이 명절마다 와서 그 난리를 쳤으니 내가 이 집 핏줄이 아니라는 건 뻔히 아는데 어릴 때 기억은 없고. 중학교 2학년 때쯤인가. 하루는 엄마가 나를 앉혀놓고 궁금한 게 있으면 다 알려주겠다고 물어보라는 거야. 그때가 기회라는 걸 알았지. 정말 다 말해줄 것 같았거든. 대신 오늘 묻지 않는 건 평생 비밀로 하겠다는 이야기를 했어. 다시는 궁금해하지도 말라고."

"그래서 물어봤어요? 할머니가 뭐래요?"

"안 물어봤어."

"왜요?"

"그럼 더는 엄마랑 못 살 것 같았거든."

이유는 알 수 없지만 이모는 그렇게 느꼈다고 했다. 어딘가 결연해 보이는 외할머니의 표정이 그런 예감에 휩싸이게 만든 것일 수도 있고 오랫동안 아무리 물어도 대답해주지 않던 진실을 갑자기 밝힌 다음에는 또 다음 단계가 기다리고 있을 거라고 느꼈을 수도 있다. 진실을 알게 되면 감당해야 하는 일도 뒤따르는 법이니까. 어쨌든 이모는 묻지 않는 걸 택했다. 호기심을 이기는 무언가가 있다니 나로서는 놀라운 선택이었다. 이제는 영영 물어볼 수가 없게 되었다. 꿈에서나 가능할지도 모르지.

다음 날 정오에 우리는 떠나기로 했다. 이모는 점심을 먹고 가라며 붙잡았지만 버스 시간을 생각하면 그럴 수가 없었다. 잠깐만요, 하고 안으로 들어간 이모는 모나카 한 봉지를 가져왔다. 엄마가 드시던 건데 가면서 드세요, 하고 손에 쥐여주었다. 엄마는 한사코 사양하다가 결국 받았다. 엄마는 손에 든 모나카를 물끄러미 보다가 잠깐 울었다. 울음을 그치고는 몇 개를 꺼내 이모 손에도 쥐여주었다. 또 올게, 하고 엄마는 이모를 안아주었다. 더는 이모가 누군지 궁금하지 않다는 듯한 포옹이었다.

산책하는 귀신들

봄기운이 완연한 어느 주말에 잠에서 깬 영희는 자신이 죽었다는 사실을 깨달았다. 죽음과 동시에 깨어난 것 같기도 했다. 잠든 상태에서 고통 없이 죽었으니 호상일까, 전혀 예상하지 못했던 급사이니 횡사일까. 가장 먼저 자신의 죽음을 발견할 동거인이 걱정되기도 했다. (너무 놀라지는 않았으면 좋겠네) 영희의 몸은 죽은 채로 자신의 이부자리에 누워 있었고 동거인은 건넛방에 잠들어 있었다. 영희는 잠깐 거실 소파에 앉아 그녀가 깨어나기를 기다렸다. 기다리면서 조금 슬펐다. (너무 슬퍼하지도 않았으면 좋겠는데) 그게 가능하지 않다는 걸 알면서도 그런 걸 바랐다. 얼마나

기다렸을까. 아무리 기다려도 그녀는 깨어나지 않았다. 그녀가 영희를 발견하게 되는 것은 영희의 죽음 다음의 일이었다. 영희는 그 미래에 대해서는 조금도 알 수 없었다. 이제 영희의 시간은 미래로는 조금도 가지 않았고 죽은 순간에 머무르거나 과거로 가거나 했다. (이제 어떻게 해야 하는 건데!) 영희는 온 힘을 다해 외쳐보기도 했다. 그 소리는 자기 밖으로 새어 나가지 않는 것 같았다. 저승사자가 찾아와 이제 나와 함께 갑시다, 하고 영희를 안내해주지도 않았다. 영희는 여전히 세상이 보였고 자기 자신도 볼 수 있었다. (내 쌍가마가 저렇게 생겼구나) 냄새가 맡아졌으며 집 안의 전자기기들이 내는 모터음도 들렸다. 소파에 앉아 자신의 무게로 소파가 꺼지는 것을 느낄 수 있었고 집 안을 돌아다니며 거실의 커튼 자락을 만져볼 수도 있었다. (진짜 느껴지는 걸까, 살아 있을 때 만끽했던 것들의 잔상일 뿐일까) 모든 감각은 영희 내부로 수렴하기는 했으나 영희가 가진 것들은 영희 바깥으로 발산되지 않는 것 같았다. 영희의 소리와 영희의 냄새 같은 것들은 점점 더 영희 안으로, 가장 깊숙

한 곳으로 고여들었다.

영희는 집에 있다가 어찌해야 좋을지를 몰라 집 밖으로 나섰다. 아무 일도 없었다는 듯 매일 하던 것처럼. 옷도 갈 아입을 수 있었지만 굳이 그럴 필요가 있나 싶어 지난밤 잠들 때 입었던 잠옷 차림에 봄 코트만 하나 걸쳤다. 천천 히 아침 산책을 하며 동네 이곳저곳을 기웃대다가 엄마가 보고 싶어져서 고향집에 갔다. 살아 있을 때는 버스를 타고 한 시간은 가야 했는데 죽어서는 10분쯤 엄마 생각을 하 며 걸으니 금방이었다. 여기는 어제일까, 그제일까. 언제이 든 아직 영희가 죽지 않은 시간대의 엄마였다. 엄마는 텃밭 에서 쑥을 캐고 있었다. 열두 살이 된 두부가 따라 나와 텃 밭 한 귀퉁이에 던져놓은 엄마의 점퍼 위에 몸을 말고 누 워 볕을 쬐며 졸고 있었다. 두부는 아기일 땐 아주 흰둥이 였는데 털이 점점 누래졌다. (그래도 아직 아기야) 영희가 손 을 내밀자 두부는 눈을 감은 채 코를 킁킁거리다가 금방 또 잠들었다. 엄마는 쑥을 캐는 데 여념이 없었다. (엄마가 이렇게 늙었었나) 영희도 이제 예순이었으니 엄마가 늙은

건 당연했다. 영희는 젊은 때의 엄마를 잠깐 떠올렸다. 자기보다도 한참이나 더 젊은 엄마를. 쉰의 엄마, 마흔의 엄마, 서른의 엄마. 다음 순간에 영희는 정말로 젊은 엄마와 함께 있었다. 엄마의 곁에는 두부처럼 조그마한 영희가 이불보에 싸여 잠들어 있었다. (나도 저렇게나 아기일 때가 있었구나) 엄마와 엄마의 엄마가 무릎을 꿇고 앉아 자는 영희를 들여다보고 있었다. 널 꼭 닮았다. 너무 예뻐. 영희의 외할머니는 영희가 돌이 되기 전에 돌아가셨다. 영희는 눈물이 차오르고 코끝이 찡해져 다른 곳으로 가기로 했다.

영희는 아무 목적 없이 그저 걸음을 옮겼다. 다시 집으로 돌아가자고 마음먹었던 것 같기도 했다. 그러나 집으로 돌아가서 죽어 있는 자신의 몸을 마주할 생각을 하니 조금 울적해졌다. 그럴 바에 차라리 길을 잃어버리자는 마음으로 한참 더 배회하다가 수경과 마주쳤다. 그래서 깜짝 놀랐다. 두 사람이 사귈 때 함께 자주 갔던 호수 공원에서였다. 영희는 수경을 얼마 만에 다시 보는 건지 헤아렸다. 벌써 33년이나 지났나. 수경은 영희를 보지 못하는 것 같았다.

그래서 또 놀랐다. (귀신끼리도 서로를 볼 수가 없는 거구나) 수경은 영희와 사귈 때 죽었다. 영희는 한동안 그걸 좀처럼 이해할 수가 없었다. 지금까지도 마찬가지였다.

영희는 수경을 미행했다. 수경은 그저 호숫가 언저리를 맴돌고 가끔 벤치에 앉아 호수를 바라보다가 다시 또 호숫가를 돌아다녔다. 영희가 그랬듯 죽고 나서 어찌해야 좋을지 모르는 사람처럼 보이기도 했다. 영희는 수경을 마지막으로 떠올렸던 것이 언제인지 따져보았다. 스물다섯부터 스물일곱까지 사귀다가 제대로 헤어지지도 못하고 잃은 애인을 영희는 영영 잊지 못할 것이라 생각했지만 나이가 들고 새 연애를 시작하고 먹고사느라 바빠 점차 잊었다. 나중에는 떠올리고 싶어도 모든 것이 희미해져 제대로 기억할 수 있는 게 하나도 없었다. 수경은 한쪽 볼에만 보조개가 깊게 패였는데 그게 오른쪽이었는지 왼쪽이었는지도 헷갈렸다. 60년이라는 자신의 긴 인생에 비하면 수경과 함께한 2년은 짧은 시간이었는지도 몰랐다. 하지만 오랜 시간으로 축적되는 감정이 있는 반면, 존재했다는 것만으로 강렬함을 안겨주는 사건들도 있다. 시간이 모든 감정의 강렬함과 농도를 결정하는 것은 아니니까. 영희는 처음에는 거리를 두고 수경을 쫓다가 나중에는 그 옆에 바짝 붙어 나란히 걸었다. 동행하는 것처럼. 한참을 걷다가 참다 못해 말을 걸었다.

(수경아)

영희는 그 이름을 정말 오랜만에 불러보았다. 수경이 떠나고 나서 얼마간은 아무런 징조도 기미도 없이 입 밖으로 그 이름이 불쑥 튀어나오곤 했다. 수경. 어쩌면 어떤 이유에서건 불안하고 무력한 자신을 다독이고 싶은 마음이 커지고 커질 때 그 단어가 튀어나오는 것 같았다. 야근 중에 한 차례 크게 기지개를 켜며 몸을 뒤로 젖혔다가 다시 자세를 바로잡았을 때 그 이름이 불쑥 튀어나왔다. 수경. 샤워기에서 쏟아져 내리는 물이 미지근해져 온수 쪽으로 수도꼭지를 돌린 다음에 점점 더 뜨거워지는 물을 목덜미로 받으면서 그 이름을 입 밖으로 흘려보냈다. 수경. 오랜만에 만난 친구들과 즐겁게 떠들어대고 난 다음에 혼자 집으로 돌아가는 골목길 가로등 아래에서도 그 이름을 오래 입속에 머금고만 있었던 사람처럼, 참다 참다 더는 못 참게 된 사람처럼 토해냈다. 수경. 잠들기 전에 몸을 뒤척이다가도 꼭 한 번은 잠꼬대처럼 그 이름을 속삭여보았다. 수경……. 그 이름은 영희를 안정시켜주었다. 수경. 경이. 경아. 언제부터 그 이름을 소리 내 발음하기를 멈추었을까. 영희는 그게 자신의 회복을 뜻하는 것이었을 수도 있다고 여겼다. 갑작스러운 이별을 극복해낸 것이었을지도 몰랐다. 나중에는 그 모든 걸 자신이 극복해야만 했을지 의문스러워져 조금 쓸쓸해졌지만.

(보고 싶었어) 수경은 아무것도 들리지 않는 사람처럼 아무런 반응도 하지 않고 자기 갈 길을 묵묵히 갔다. 살아 있는 사람처럼 걸어서. (너도 나 보고 싶었어?) 수경은 아주 천천히 걸으면서 가끔씩은 멈춰 서기도 했다. 얼굴에는 아무 표정이 없어 무슨 생각을 하는지 짐작조차 할 수 없었다. (보고 싶을 때마다 나한테 왔었어?) 영희는 자신이 불쑥불쑥 수경의 이름을 발음해내던 때를 떠올렸다. 그때 수경이

듣고 있었다면 좋았을 것이다. 그 버릇은 아주 오래가지는 않았다. (섭섭했겠다, 나중엔 내가 다 까먹어서) 그러다 영희는 자신의 죽음을 가장 먼저 발견할 사람이 누구일지 기다리는 일조차 실패했던 것을 떠올렸다. 아무리 기다려도 시간이 미래로 가지 않았었다. (아니다, 죽음 다음으로는 갈 수 없는 거지?) 영희는 어쩌면 다행이라고 생각했다. 죽었는데 미래까지 안다는 건 어쩌면 가혹한 일이었다. 자신이 도저히 관여할 수 없는 시간에는 속할 수 없어야 했다. 어쩐지 그게 마음에 들었다. (가끔은 네가 내 망상은 아니었나 싶기도 했어) 두 사람 사이엔 공통 친구가 없어서 수경이 죽은 다음 영희는 수경에 대해 이야기 나눌 사람이 아무도 없었다. 남은 흔적도 별로 없어서 수경은 영희의 기억 속에만 존재하는 사람 같았다. 어느 날은 차라리 망상이었으면 좋겠다고 생각했다. 그렇다면 수경의 죽음도 실제로는 없었던 일이 될 테니까. 하지만 역시 망상이라고 믿는 쪽이 더 견디기 힘들었다. 찰나라고 하더라도 수경이라는 사람이 실존했던 편이 훨씬 더 좋으니까.

영희는 수경과 함께 영원히 산책해도 좋겠다고 생각했
다. 당연히 영원할 수 없을 테고 이걸 함께라고 말해도 좋
을지는 알 수 없었지만 수경도 영희를 보았고 끝없이 자신
에게 말을 걸고 있을지도 모른다는 생각도 했다. 서로 다
른 시간을 걷고 있기 때문에 서로 호응하지 못하는 건지도
몰랐다. (너는 어느 시간을 산책하고 있는 거야?) 영희는 수경
의 그 시간에 자신도 함께 있었으면 좋겠다고 느꼈다. 욕심
인 것 같기도 했다. 수경과 영희는 서로 첫사랑이었지만 영
희는 그다음에도 여러 사람을 사랑했다. 가끔 수경을 떠올
릴 때면 전생 같다는 생각마저 들었다. 만약에 자신이 죽은
다음에 누군가 딱 한 사람하고만 산책해야 한다면 누굴 고
르게 될까. (참, 나 죽었지) 영희는 누굴 고른 적은 없었지만
수경과 산책하고 있었다. (아직 수경 말고는 아무도 안 죽었
나) 그래도 다른 이들과는 모두 제대로 헤어졌었으니까 수
경을 고르는 게 자연스러울지도 몰랐다. 호수를 몇 바퀴 돌
았는지 헤아릴 수 없게 되었을 때 수경이 호수 공원 출구
쪽으로 향해서 영희는 어쩐지 설렜다. (이제 어디로 가는 거

야?) 수경은 천천히 걸어서 영희와 함께 살던 집 쪽으로 향했다. 집에 도착하기 전 집 근처 모퉁이의 빵집에서 감자치아바타와 올리브치아바타, 우유식빵 하나씩을 골랐다. 가게 주인과 안녕하세요, 인사를 나누고 지갑을 꺼내 카드로 결제도 했다. 그제야 영희는 자신이 본 것이 수경의 귀신이 아니며 자신과 함께 살고 있던 때의, 살아 있는, 아직 죽기 전인 수경임을 알아차렸다. 영희는 수경을 보자마자 귀신일 거라고 생각해버린, 살아 있는 수경은 조금도 상상하지 못한 자신을 자책했다.

"영희야."

수경은 현관문을 열고 집으로 들어가 신발장 앞에서 운동화를 벗으며 건조대를 펼쳐 빨래를 널고 있는 영희를 불렀다.

"왔어?"

영희는 수경을 뒤따라 집으로 들어가서 스물일곱의 자신을 보았다. 아무것도 모른 채 해맑게 웃고 있었다. 진짜로 엄청나게 멍청해 보였다. 바보 같았다. 한심했다. 영희

는 그 시절에 수경이 혼자서 그렇게 오래 호숫가를 맴도는
지 전혀 몰랐다. 그래서 그 장면을 실제로 보고 나란히 걸
으면서도 그게 살아 있는 수경이라고는 생각지도 못하고
어쩌면 죽은 수경이 자신의 삶을 애도하고 있는 건지도 모
르겠다고 생각했을 뿐이었다. 자신의 한평생을 애도하기
위해서는 아주 많은 시간이 필요할 테니까. (죽은 사람은 산
사람보다 훨씬 더 지독하게 애도하는 건지도 모르겠어) 예순의
영희는 이제 수경에게 벌어질 일을 다 알고 있지만 할 수
있는 일은 아무것도 없었다. (죽음이란 이런 걸까? 순간이지
만 영원하고 영원하지만 무력한 거) 영희는 스물일곱의 자신
과 수경이 함께 빵을 나누어 먹고 이야기를 나누는 모습을
지켜보았다. 수경은 사 온 식빵에 잼을 발라 먹으려고 했으
나 뚜껑을 열지 못해 한참 끙끙거렸다. 영희가 그걸 가져가
서 열어주고는 아주 의기양양해져 말했다.

"내가 없으면 어쩔 뻔했어?"

수경은 웃으며 맞장구를 쳐주었다.

"그니까. 네가 있어 정말 다행이야."

수경은 식빵에 잼을 꼼꼼히 정성껏 바르고는 반으로 접어 영희에게도 주었다. 둘은 사이좋게 빵을 나눠 먹었다. 영희는 그걸 지켜보고 있기가 괴로웠다. 그 시절 수경은 자주 그렇게 말했다. 네가 있어 다행이야. 다행. 다행이야? 다행인데 왜 그랬어? 이해할 수 없었고 이해하고 싶지도 않았다. 영희는 그때나 지금이나 바라는 것이 많지 않았다. 수경과 함께 볕 좋은 호숫가를 산책할 수 있기를 바랄 뿐이었다.

영희는 모든 시간대의 산책하는 수경이 있는 때로 가서 함께 걸었다. 아주 어린 시절의 수경과 나란히 걷기도 했다. 한참 걷다가 쪼그려 앉아 땅바닥의 개미 떼를 구경하기도 하고 놀이터 벤치에 웅크리고 있는 고양이와 눈싸움을 하기도 했다. 열다섯의 수경에게도 갔다. 친구들과 어울려 떡볶이집에 가는 날도 많았지만 주말이면 수경은 혼자 동네 뒷산을 올라 마을을 내려다보았다. 정상에 올라선 수경의 몸에서 김이 오르는 게 보이는 것도 같았다. 만족스럽다는 듯 숨을 크게 몰아쉬었다가 내쉬는 붉게 상기된 볼을 보며 영희는 조금 기뻤다. 수경의 숨, 수경의 열, 수경의 피 같은 것을 떠올리면서. (보조개는 왼쪽이었구나) 영희와 같이 살던 수경에게도 다시 갔다. 수경은 꽤 자주 혼자 걷는 사람이었고 가끔은 영희도 함께였다. 그럴 때는 셋이 같이 걸었다. 때로는 두 사람에게서 물러나 한참이나 뒤떨어져 따라 걷고는 했다.

그러다 한번은 아주 낯선 장면을 목격했다. 영희가 죽고서 수경을 처음 발견한 그 호수 공원에서였다. 그건 분명 산책하는 수경과 영희였는데 두 사람은 조금 늙어 보였다. 정확히 몇 살인지는 알 수 없었지만 분명히 스물일곱보다는 훨씬 많아 보였다. 둘은 팔짱을 낀 채 나란히 걷고 있었고 무슨 이야기인지를 조잘조잘 해댔다. 영희는 가까이 다가가 그 이야기를 듣고 싶은 한편 모른 채 남겨두고 싶기도 했다. 그건 결코 자신이 알 수 없을 미지의 영역 같았으므로. (이상하다, 저건 내가 살았을 때는 겪어보지 못한 시간인데) 이상했다. 영희는 자신이 기억하지 못하는 두 사람의 뒷모습을 물끄러미 보았다. (어쩌면 저건 우리의 미래인지도

모르겠어) 영희는 두 사람이 오래오래 함께 산책하길 바랐고 그 끝은 두 사람만의 몫으로 남겨두고 싶었다. 영희는 두 사람이 보이지 않는 쪽으로 걸음을 옮겼다. 영영.

모래가 되는 꿈

며칠째 계속 모래가 되는 꿈을 꾼다. 세상의 온갖 것들이 갑자기 다 모래가 되어 바스러지는 꿈이다. 겉보기엔 멀쩡한 것 같아도 손을 가져다 대면 그 실체가 드러난다.

꿈의 시작은 제법 평범했다. 나는 어느 작은 도시의 버스 정류소에서 오지 않는 버스를 기다리는 중이었다. 다리가 아파 의자에 엉덩이를 붙이고 앉아 있다가 무심코 손바닥을 의자에 가져다 댄 순간, 의자는 모래가 되어 부서져 내린다. 부서져 내리는 의자 때문에 엉덩방아를 찧었다가 옷에 묻은 모래를 턴 뒤 일어나려고 버스 정류소 인내판 기둥을 붙잡는 순간, 그 또한 모래가 된다. 어안이 벙벙해져 있다가 마침내 도착한 버스에 서둘러 한 발짝 올려놓고 가방을 뒤져 지갑을 꺼내려고 하면 그것 역시 모래가 된다. 급출발하는 버스 안에서 서둘러 손잡이를 잡으려다가 버스마저 모래가 되면 어쩌나 싶어 버티고 섰다가 중심을 잃고 넘어지고 만다. 넘어지면서 반사적으로 옆에 선 사람의 팔뚝을 잡아 그 사람 역시 모래가 되어버린다. 그다음부터는 만지든 말든 상관없이 죄다 모래가 되어 바스러진다. 이미 오래전부터 모래였던 것을 모르고 있었을 뿐이라는 듯 사르륵 사르르륵 부서져 내리는 것을 보는 일은 그리 유쾌하지 않다. 그러니까 그 모든 사태가 일어나는 와중에도 나는 꽤 멀쩡해서 모든 질서가 무너지는 광경을 빠짐없이 지켜본다. 하룻밤의 꿈이라면 '거참, 희한한 꿈이네' 넘기고는 모닝커피를 마실 때쯤 죄다 까먹을 텐데 비슷한 식으로 며칠 밤 반복되다 보니 자꾸 곱씹게 된다.

"늙어서 그래."

오랜만에 만난 대학 동창 영서는 내가 무슨 이야기를 꺼

내든 우리가 늙어가고 있다는 점을 모든 사태의 원인으로 꼽았다. 이삼십 때랑은 다르게 좀처럼 피로 회복이 되지 않는다는 점도, 머릿결이 푸석푸석해지며 숱이 점점 준다는 점도, 깜박하는 게 많아진다는 점도 다 나이를 먹어가기 때문이라는 것이다. 그건 다 당연한 얘기라서 그때마다 나도 고개를 끄덕였지만 아무리 생각해도 모래 꿈은 나이를 먹는 거랑 아무 상관이 없었다.

"그게 무슨 상관이야?"

"늙으면 몸에서 수분이 쫙 빠져버려. 꿈은 다 은유랑 상징이잖아. 모래가 상징하는 게 뭐야? 사막, 이런 거잖아. 네 몸도 지금 그런 상태라서 제발 물 좀 주세요, 하고 무의식이 외치는 거야. 보습 잘 하고 자라."

그 말을 들으니 목이 타서 나는 남은 맥주를 원샷하고 빈 잔을 바로 채워 또 한 모금 들이켰다.

"맥주로 수분 채우려고 하지 마. 물 마셔, 물. 여기요! 얼음물 두 잔만 주세요."

"오늘 집에 일찍 안 가도 돼?"

"늙는다고 하고 나왔어. 너는?"

"나도 괜찮아. 애는?"

"친정에 있어. 그래도 넌 노화가 아직 안 왔다. 타고나기도 튼튼하게 났고 애도 안 낳았잖아."

"흰머리 안 보여? 너는 어떻게 새치 하나 없어?"

나는 고개를 숙여 흰머리가 잔뜩 난 정수리를 보여주며 물었다. 평소에는 내 몸에서 노화의 증거를 찾는 일을 하지 않았고 사십이라는 나이가 그렇게 늙었다고도 생각하지 않았다. 평균수명을 따져봐도 이제 반 정도를 살았을 뿐이었다. 게다가 살면서 평균수명은 점점 늘어갈 것이다. 백세시대라는 말도 과장된 것이 아니다. 하지만 영서와는 이십대 때 만나고 오랜만에 다시 만났기 때문인지 우리가 아주 가까웠던 그 시절에 비해 얼마나 더 늙었는지를 자꾸만 더 들여다보게 되었다.

"당연히 염색했지. 안 하면 너보다 더 심해."

영서는 웃으며 대답했다.

만나지 못했던 시절 각자가 어떻게 살아왔는지 그 근황

을 나누다가 느닷없이 꿈 이야기를 꺼내게 된 건 탁자 위
에 놓여 있던 모래시계 때문이었다. 안주로 모츠나베를 시
켰는데 직원이 모래시계를 가져다 놓으며 모래가 다 떨어
질 때까지 끓였다 먹으라고 말했다. 샛노랗게 빛나는 비현
실적인 색깔의 모래가 떨어지는 걸 지켜보다가 뭘 그리 빤
히 보냐는 영서의 말에 고개를 들어 꿈 이야기를 시작했다.
실은 할 이야기가 별로 없었기 때문이기도 했다. 영서도 내
가 무슨 말이라도 해서 침묵을 메워주는 것이 고마운 눈치
였다.

오랜만에 연락이 닿아 충동적으로 약속을 잡긴 했지만
10년이라는 공백은 쉽게 채워지지 않았다. 카톡으로 메시
지를 주고받으며 만날 날을 잡고 간간이 일상을 공유하다
오래전 연락이 뜸해진 이유가 떠오르기도 했다. 영서도 그
랬을 것이다. 그렇다고 누가 먼저 약속을 무르자고 말하지
도 않았다. 막상 얼굴을 마주하니 반가운 마음이 컸다고는
하나 무슨 이야기를 이어가야 좋을지, 괜히 묻지 말아야 할
이야기를 건드리는 것은 아닐지 알 수 없어 우리와 별 상

관이 없는 이야기들을 나눴다. 날씨, 나이, 다른 동기들의 근황 같은 것들. 그중 나이와 그에 뒤따르는 건강에 관련된 대화들은 마치 우리 이야기를 하고 있다는 착각을 주기에 충분했다. 흰머리가 난다는 둥, 한번 붙은 살이 잘 안 빠진다는 둥, 지나가는 사십대를 붙들고 물어보면 누구나 동의할 법한 이야기들. 그걸 내 이야기가 아니라고 할 수는 없었다. 그렇다고 해도 진짜 나에 대해서는 별로 알려주지 않는 정보들이기도 했다. 꿈 이야기는 그런 것들에 비해서도 훨씬 더 못한 것이었다.

"그래도 넌 동안이라 괜찮아. 같이 다니면 사람들 다 내가 언닌 줄 알았잖아."

"그랬나?"

"기억 안 나? 술집에 가도 꼭 너만 신분증 확인하던 거."

"그랬던 것 같기도 하다."

과거의 어긋나는 기억들을 하나씩 꿰맞추며 우리는 둘 다 조금씩 취했다. 영서는 젊을 때와는 다르게 얼굴도 금세 발개졌다.

"안 먹어버릇해서 그런지, 정말 나이가 들어서 그런지······ 이제 술도 안 받나 봐. 넌 좀 늘었다?"

"열받을 때마다 한 잔씩 마시다 보니까 이제 술꾼 다 됐지."

"슬슬 건강 생각해야지. 적당히 마셔."

"진짜······ 세월이 흘렀나 봐. 정영서가 그런 말을 다 하고. 옛날엔 먹고 죽자는 말밖에 안 했는데."

내가 농담조로 말하자 영서도 웃었다.

"나도 이제 애 엄마잖아."

"그니까. 어쩌다 애를 다 낳았어, 정영서가?"

"신기하지? 나도 가끔 신기해. 나도 아직 애 같은데."

"너 닮은 딸이면 예쁘긴 하겠네."

"남편 어릴 때랑 판박이야. 첫딸은 아빠 닮는다잖아. 보고 있으면 남편 얼굴이 보여서 재밌어. 둘째는 또 누굴 닮을까 그런 것도 궁금해지고."

"둘째 계획도 있어?"

"그냥. 아직은 상상만. 넌 계획 없어? 아······ 나 애 낳기 전엔 임신 계획 물어보는 사람 엄청 싫어했는데 내가 그러고 있네."

"괜찮아. 친구끼리 뭐 어때. 우린…… 안 가지려고."

"살아보니까 사람 일이라는 게 알 수 없는 거 같아. 너도 내가 그렇게 일찍 결혼하고 애 낳고 할 거라고는 상상도 못 했지? 너도 그래. 너 평생 혼자 살 거라고 했었잖아. 네가 남자랑 결혼할 줄을 누가 알았겠어? 그러니까, 혹시 모르잖아. 난자라도 얼려놔. 내가 아는 병원 소개해줄까?"

그 말에 나도 모르게 웃음이 터졌다. 영서는 진지하게 조언을 하는데 왜 웃는 건지 모르겠다는 듯 어리둥절한 표정이었다. 술에 취하면 매사 진지해지는 건 여전했다. 마지막으로 남아 있던 닭다리를 먹은 사람이 누구인가에 대해서 열을 내며 토론하던 시절도 있었으니까. 난자를 얼려놔야 하는 일 같은 건 그에 비하면 훨씬 중대한 사안임은 분명했다.

사실 내가 결혼을 했다는 소린 얼떨결에 나온 거짓말이었다. 어떻게 내 인스타그램 계정을 알았는지 잘 살고 있나고 디엠을 보낸 영서에게 무조건 예스 예스, 잘 지낸다고 대답하다가 혹시 결혼했냐는 물음에도 그럼 그럼, 하고 대답을 해버리고 말았다. 인물 사진은 한 장도 없지만 대체로 집 안에서 놀고먹으며 찍은 사진들이 주로 두 사람 몫인 것이 영서로 하여금 그런 추측을 하게 만든지도 몰랐다. 나는 영서와 만날 생각도, 연락을 계속 이어갈 생각도 없었기에 그저 그 순간이 빨리 지나가기만을 바라고 아무렇게나 대답했다.

아무리 생각해도 내가 왜 굳이 결혼했다고 거짓말을 했는지는 나조차도 이해가 안 갔다. 만나는 사람은 있었지만 결혼은 아니었다. 역시나 얼떨결에 영서와 만날 약속을 잡은 다음에는 얼굴을 보고 실토해야겠다고 마음먹었는데 얼굴을 마주하고 나니 사실을 말하기가 싫어졌다. 더 정확히 말하자면 사실인 것은 아무것도 말하고 싶지 않았다. 꿈얘기 같은 생소리를 늘어놓은 것도 어쩌면 그 때문이었는지 몰랐다. 알맹이가 없는 이야기들을 아무렇게나 늘어놓다가 헤어진 다음에는 연락처를 차단하고 싶었다. 그런 내

속을 아는지 모르는지 영서는 내 결혼 소식을 무척 반가워
했다. 안 그래도 내가 결혼했다는 소식을 건너 건너 전해
듣고 긴가민가하고 있었다는 것이다. 워낙 흔한 이름이니
다른 사람의 이야기가 잘못 전해진 게 아닌가 싶었다.

"근데 너 결혼할 때 왜 나 안 불렀어?"

영서가 젓가락으로 희멀건 곱창 하나를 집어 들며 물었
다. 나도 그 옆에 있던 두부를 집었다. 나는 준비한 바가 없
었으면서도 거짓말을 술술 늘어놓았다. 사실을 말할 기회
가 여러 번 있었지만 내가 다 뺑 차버린 셈이었다.

"코로나 심했잖아. 결혼식이랄 것도 없었어. 그냥 가족
들끼리 모여서 밥만 먹었어."

"그게 아니라, 왜 소식도 안 전했냐고."

"그때 우리 얼굴 안 본 지 꽤 됐었으니까 연락하기가 좀
뭣했어."

"그런 거 핑계 삼아서 연락하고 그러는 거지. 하여튼
너……."

뒤이어 나올 말이 뭘까 괜히 긴장됐다.

“사람을 섭섭하게 만들어.”

두부가 통째로 목구멍으로 넘어가면서 식도가 잠깐 뜨거워졌다. 무엇이 그렇게 섭섭했던 걸까. 내게 무엇을 기대하고 있었기에. 나는 우리가 자주 만나던 시절에 내가 영서를 섭섭하게 했던 적이 있었는지를 떠올려보았지만 생각나지 않았다. 다만 때로는 영서가, 우리가 아무리 친한 친구 사이라고는 해도, 내게 과한 친밀감을 요구한다고 느꼈던 때가 있었다. 내 기준으로는 연인 사이에서나 주고받을 법하다고 느꼈던. 나는 맥주 한 모금을 들이켜고 말했다.

“좀 미안하네.”

“아니야. 생각해보니까…… 네가 사과할 일은 아닌 것 같아. 그래! 옛날 일은 옛날 일이고! 우리 이제 자주 보자. 프리랜서면 평일 낮에도 시간 돼? 같이 브런치도 하고 그럼 좋겠다. 남편 욕도 하고.”

영서는 곱창을 씹으면서 전골냄비에 있는 것들을 뒤적이기 시작했다. 그것 역시 취하면 나오는 버릇이었다. 먹지도 않을 음식을 뒤적거리는 것. 영서는 아주 오랜만에 취한 것이 흡족한 듯했고 취기 속에서 많은 이야기들을 쏟아내었다. 나와 연락이 끊겼던 동안의 이야기였고 내게는 아무런 흥미를 불러오지 못하는 것들이었다. 그게 조금 슬프기도 했다.

영서와 만난 날 밤에도 모래가 되는 꿈을 꾸었다. 우리는 지프차를 타고 사막을 건너려는 중이었다. 뒤늦게 나타난 영서가 제발 자신도 태워달라고 했다. 이미 탈 수 있는 인원을 꽉 채운 상태였기 때문에 갓난아이도 태울 수가 없다는 말을 전했지만 영서는 포기하지 않았다. 모래가 돼서 타는 것도 안 될까? 그런 건 누구도 생각을 못 했는데 완전 말이 안 되는 건 아니어서 그렇게 하기로 했다.

영서는 한 포대의 모래가 되어 루프 백에 실렸다. 지프차는 덜컹거리며 한참을 달렸다. 마침내 목적지에 도착했을 때 포대 자루는 비어 있었다. 구멍이 났었나 봐요. 누군가 그렇게 말했고 나는 우리가 지나온 길을 돌아보았다. 열심히 달려오는 동안 영서가 조금씩 흩뿌려졌을 길이 어쩐지 반짝반짝 빛나는 듯도 했다. 점점 희미해져가는 듯도 했고. 포대를 탈탈 털어도 영서는 한 줌밖에 나오지 않았다. 나머지 영서가 돌아오면 돌려주어야겠다는 생각으로 나는 그걸 잘 쓸어 모아서 단지에 넣어 보관해두었다. 도착한 사람들은 그곳에 정착하기 위해 나무로 집을 지었다. 해가 뜨면 참새 떼가 날아와 잠든 사람들이 모두 깰 수 있도록 지저귀었다.

어느 날 저녁에 모래바람이 잔뜩 불어와 들창 앞에 쌓였다. 세월을 견디다 못해 뒤틀리기 시작한 나무 들창을 힘겹게 들어 올리자 쌓였던 모래가 안으로 조금 쏟아졌다. 나는 집게손가락에 모래 알갱이를 조금 묻혀 맛을 보았다. 영서 맛이 났다. 영서가 뒤늦게 도착했다. 모두에게 그 사실을 알려주려고 했는데 꿈에서 깨버렸다.

나는 영서에게 그 꿈을 들려주었다. 영서는 한참을 아무 말 않다가 "그거 개꿈이네" 하고 말했다. 내 생각도 같았다. 개꿈이었다. 굳이 애써서 어떤 해석을 붙여볼 수도 있겠지만 영서가 단호히 그렇게 말하는 이상 그건 개꿈일 수

밖에 없었다. 어떤 의미가 있을 것 같지도 않았다. 영서는
아이가 등원할 시간이라 나가봐야 한다고 했다. 영서보다
는 남편을 닮았다는 딸아이가 칭얼대는 소리가 들렸다.

"알겠어. 바쁠 텐데 어서 가봐. 잘 지내. 또 보자."

"응, 너도 잘 지내."

영서는 나처럼 '또 보자'는 말을 쓸데없이 덧붙이지 않았
다. 나는 영서가 정말 행복하기를 바라면서 전화를 끊었다.

밤비

그해 여름에 수민은 애인과 헤어졌다. 퇴근 후 집에 돌아오면 방에 틀어박혀 밤마다 울었지만 거실에서 드라마를 보는 부모의 귀에는 잘 들리지 않는 것 같았다. 차라리 그게 나았다. 한 계절이 지나고 또 새해가 왔을 때 수민은 부모와 함께 가까운 산에 올랐다. 매해 첫날이면 해맞이 등산을 가는 부모와 달리 새해라고 해봤자 휴일이라는 것 외에 무슨 의미가 있냐며 늘 늦잠을 자던 수민이었지만 그해에는 뭔가가 필요했다. 아마도 새출발의 기분.

정상까지는 한 시간이 걸렸다. 수민은 산을 오르면서 추위를 다 잊었다. 사방이 컴컴한 데다 잠이 덜 깬 탓에 자주 발을 헛디뎠는데 그때마다 뒤에서 누군가 팔을 잡아주었다. 당연히 부모였을 거라고 생각했으나 정상을 올라 뒤를 보았을 때는 낯모르는 사람이 있었다. 부모는 이미 가장 높은 곳에 올라서서 올라오는 사람들을 지켜보고 있다가 수민이 눈에 띄자 크게 이름을 부르며 손짓했다. 부모의 입에서 흰 입김이 어둠을 뚫고 쏟아져 나왔다.

정상에는 이미 많은 사람이 추위를 견디려고 몸을 웅크린 채 발을 동동 구르며 해가 뜨기를 기다리고 있었다. 아직 올라오고 있는 사람들도 너무 많았기에 수민은 정상에 그 많은 인파가 다 올라설 수 있나 걱정되었다. 기독교 단체에서 나왔다는 신도들이 커피를 한 잔씩 나눠주었다. 커피는 따뜻했다. 날이 흐려 해는 사방이 거의 다 환해진 다음에 구름 위로 모습을 드러냈다. 그래도 사람들은 탄성을 질렀다. 마침내 등장한 해를 바라보며 가족의 건강과 화목과 번영을 기원하는 부모 사이에 서서 수민은 더는 지나간 일로 울지 말자고 다짐했다. 그리고 무엇보다 자신의 독립을 빌었다. 새해 첫 일출을 보겠다고 부지런을 떠는 마음가

짐만 있으면 못 할 일이 없을 것 같았다. 사람들이 산을 내려갈 때 수민과 부모도 그 행렬을 따랐다. 수민은 무리 지어 비탈을 내려가는 무수한 사람들의 뒤통수를 보면서 첫날부터 산을 오르는 사람이 너무 많다고 생각하며 긴 하품을 했다.

"뭐 해, 빨리 와."

"빨리 가서 뭐 해. 할 일도 없는데. 그냥 천천히 와."

"그런가. 그럼 우린 먼저 가니까 알아서 와."

부모는 수민을 재촉하다가 그냥 내버려두었고 수민은 앞서가는 부모가 그러거나 말거나 자신의 속도대로 걸을 참이었다. 지금의 속도보다 더 빠르게 혹은 느리게 갈 힘은 없었다. 산을 오르느라 흘렸던 땀이 식으며 금세 추워졌으므로 수민은 얼른 이불 속으로 돌아가 남은 잠을 자고 싶었다.

★

정월대보름에는 부모와 함께 절을 찾았다. 수민은 종교가 없었지만 불교신자인 부모의 손에 끌려 나갔다. 수민이 가고 싶지 않다고 해도 부모는 "혼자 집에서 심심하지 않겠냐" 설득하려 들었고 수민이 "안 심심하다"고 말한 다음에도 같이 가자고 성화였다. 부모는 늘 수민을 자신들의 일정에 동참시키려고 했다. 주말에 혼자 집에 내버려두는 것보다야 그게 수민에게도 이롭다고 믿었다. 부모는 "사람이 바깥바람도 쐬고 그래야 한다"고 주장했다. 수민은 마지못해 승낙하고서 집 근처 절에 가자고 제안했는데, 부모는 "마침 토요일이라 시간도 많으니 드라이브 삼아 먼 데로 가자"고 우겼다. 결국 부모가 한 번 가본 적 있다는 절에 가기로 하고 다 함께 차에 올라탄 뒤 수민은 뒷좌석에 앉아서 내내 눈을 감고 있었다. 자는 척을 하려는 것은 아니었는데 부모가 수민에게 무슨 말을 붙이려다가 "자나봐, 그냥 내버려둬" 말하는 것을 듣고는 그냥 계속 자는 척했다.

아주 오랜만에 근교로 나가는 것이었다. 부모가 둘의 대화에 열중하는 틈에 수민은 눈을 뜨고 창밖을 보았다. 회색의 방음 차단벽이 길게 이어지다가 나무가 보였다가 했다. 방지턱 하나를 부주의하게 지난 탓에 차가 심하게 덜컹거리자 깜짝 놀란 수민은 “악!” 소리를 질렀고 부모는 흘긋 뒤를 보았다.

“깼어?”

“놀랐지? 미안.”

“이제 거의 다 왔어.”

크지 않은 절이었다. 해안의 산 중턱에 있는 절이라 내려다보이는 풍경이 좋았다. 그뿐으로 다른 할 일은 아무것도 없었다. 부모가 법당에서 합장을 하고 절을 하고 법회에 참여하는 동안 수민은 뜰을 거닐며 하품을 해댔다. 부모가 같이 들어가자고 손을 끌었지만 수민은 자신의 목적은 바깥바람을 쐬는 것이었을 뿐 종교 행사에는 관심이 없다고 못박았다.

“구경이라도 하지.”

“싫다는데 냅둬.”

“금방 끝나는데.”

“그냥 우리끼리 가.”

목탁 소리와 불경을 외는 소리가 스피커로 크게 울려 퍼졌다. 수민은 뒷짐을 지고 경내를 왔다 갔다 하면서 유일하게 아는 것을 외보기도 했다. 수리수리 마하수리 수수리 사바하. 수리수리 마하수리…… 그게 무슨 뜻인지는 몰랐다. 그냥 후렴구 같은 거겠지 생각했다. 얄리얄리 얄랑셩 같은 거. 아으 동동다리. 다로러거디러 다로러. 아닌가. 비나이다 비나이다 같은 걸까. 아무려나. 아무래도 상관없었다.

점심때가 다가오자 몰려든 사람들로 뜰도 붐비기 시작했다. 수민은 소란을 피해 사찰 경내에서 빠져나왔다. 절 뒤편으로 난 오솔길을 따라가자 사람 발길로 잘 다져진 등산로가 있었다. 길은 그리 넓지 않았는데 양쪽의 풀이 잘 정리된 것을 보면 누구라도 자주 오가는 길인 것 같았다. 수민은 길이 어디로 향하는지도 모르면서 무작정 걸었다. 제법 쌀쌀한 날씨에도 땀이 났다.

점퍼를 벗으려고 잠깐 멈췄을 때 문자가 왔다. 직장 동료

였다. '수민 씨 잠깐 통화할 수 있어요?' 딴에는 배려라고 전화 대신 문자를 보낸 걸까. 잠깐 그렇게 생각했지만 몇 분 정도 답을 않고 있자니 당장 전화가 걸려왔다. 수민은 전화를 받지 않았고 신호가 끊어진 다음에는 휴대폰을 무음으로 설정한 다음 주머니에 넣었다. 무슨 일인지는 몰라도 모른 척할 작정이었다. 그 때문에 부모에게서 전화가 걸려온 것을 세 차례나 놓쳤다. 법회가 꽤 길어질 것이라 방심한 탓도 있었다. 부모가 금방 끝난다고 말하기는 했지만 수민은 부모의 말을 일단 곡해하는 경향이 있었다. 그건 오랜 경험에 따른 것으로 부모는 언제나 사실을 전하기보다 때로는 수민을 달래기를 선택했기 때문이었다. 수민은 얼른 전화를 걸었다.

짧은 신호음 다음에 "어디야?" 묻는 소리가 들렸다. 웅성대는 소음이 배경으로 깔려 뒤이어 한 말은 듣지 못했다. 금방 끝난다니까 그새를 못 참고 어딜 갔어. 그런 말이 아니었을까. 수민은 있는 곳을 설명하는 대신 "내가 그쪽으로 갈게" 말하고는 전화를 끊었다. 고민 끝에 직장 동료에

게도 전화를 걸었다. 속으로는 받지 않았으면 좋겠다고 생
각했다.

"여보세요."

"아, 수민 씨."

"네, 전화하셨길래요."

"지금 바빠요?"

"제가, 부모님이랑 어딜 좀 와 있어서 전화 온 줄 몰랐어
요. 무슨 일이세요?"

"아, 그냥."

"네?"

"그냥 해봤다고요."

"아, 그렇군요."

수민은 그렇게만 말하고 직장 동료가 무슨 말인가 하
기를 기다렸다. 하지만 아무 말이 없었고 잠깐 침묵이 흘
렀다.

"심심해서요. 아, 잠깐 통화해도 괜찮아요?"

"무슨 일이 있는 건 아니고요?"

　수민은 대답 대신 그렇게 물었다. 침묵이 한 번 더 반복된 다음에 직장 동료가 대답했다.

　"실은 제가 회사를 그만둬요."

　"네?"

　"한 달 더 나가기로 했는데 오늘 갑자기 연락이 와서 다음 주부터 나올 필요가 없대요. 갑자기 이렇게 돼서…… 지금 전화 돌리는 중이었어요. 인사나 할 겸 하고. 짐 정리하러 한번 들르긴 할 건데 언제 갈지 정확힌 모르겠고."

　"아."

　수민은 뜻밖의 소식에 할 말이 없었다. 친한 사람은 아니었지만 직장 동료로서는 나무랄 데 없었다.

　"지금 가족들이랑 여행 중?"

　"아, 잠깐 절에 왔어요. 대보름이잖아요. 너무 갑작스러워서. 무슨 말을 해야 할지."

　"더 좋은 데로 옮길 거예요. 걱정 마요."

　그것은 이직이 예정되어 있다는 뜻일까 아니면 의지의 표명일까. 수민은 궁금했지만 묻지 않았다. 직장 동료에 관한 나쁜 기억이 거의 없는 것도 사적인 질문을 서로 하지 않았기 때문일 것이다. 그래서 이렇게 전화가 걸려온 것에도 당황했다. 속사정을 듣고 나니 무슨 일이 더 있지는 않았을까 염려스러웠지만 그런 이야기를 모두 나눌 수는 없었다.

"그리고 부탁이 하나 있어요. 제가 키우던 화분이 하나 있는데 대신 키워주실 수 있을까요? 다육이라서 물은 거의 안 줘도 돼요."

수민은 직장 동료가 왜 자신에게 그런 부탁을 하는지 궁금해하다가 탕비실 싱크대에서 화분에 물을 받고 있던 직장 동료에게 말을 걸었던 일이 떠올랐다. "그 식물은 이름이 뭐예요?" 물었을 때 단번에 대답이 돌아왔었는데 처음 듣는 이름이라 금방 까먹어버렸다. 아무도 없는 줄 알고 불쑥 들어간 탕비실에서 직장 동료와 마주쳐 어색했기 때문에 꺼낸 말이었다. 수민은 직장 동료의 부탁을 들어주기가 귀찮았다.

"그럴게요."

그런데도 그렇게 대답했다. 전화를 끊자 산속의 적막이 더 와닿았다. 새소리가 너무 명료하게 들려서 오히려 더 가짜 같았다. 수민이 절을 향해 천천히 걸음을 옮기기 시작했을 때 푸드득거리며 새가 날아가는 소리가 들렸다. 얼른 소리가 나는 곳을 올려다보았지만 새는 이미 없고 가느다란 나뭇가지 하나가 파르르 떨리고 있었다. 수민은 다시 점퍼를 입고 왔던 길을 돌아가기 시작했다.

★

직장 동료가 회사를 그만둔 뒤에도 수민은 한참이나 무탈하게 출퇴근을 했다. 어느 날 수민이 퇴근을 하고 집에 돌아왔을 때 부모는 거실에 앉아 귤을 까먹으며 깔깔거리고 있었다. 그 모습에 수민도 피식 웃으며 물어보았다.

"뭐가 그렇게 좋아?"

"갑자기 사랑한대잖아, 나를. 낯간지럽게."

"그냥 드라마 대사 따라 한 거야. 사랑합니다, 영미 씨."

목소리는 텔레비전 속 배우를 흉내 내고 있었다. 누구를 흉내 내는 게 아니면 사랑한다고 말할 수 없는 게 아닐까. 남들이 하는 걸 그냥 따라 하는 게 아닐까. 희한하게도 수민의 머릿속에는 그런 생각부터 떠올랐다. 수민은 방에 가방을 내려놓고 화장실로 향했다.

"빨리 씻고 와. 귤 먹어."

이 밤에 웬 귤이야, 하고 말하려던 수민은 "나 좀 다시 나갔다 와야겠어"라고 영 다른 말을 했다.

"이 밤에 어딜?"

"회사에서 오라네."

"방금 퇴근한 사람을?"

"뭐가 잘못됐나 봐. 지금, 방금 막 문자가 왔는데 좀 오래."

"어쩌냐. 그래, 얼른 다녀와."

"차 키 들고 가라."

"어휴, 밤길 위험한데 왜 차를 타고 가래. 택시 타고 가."

"늦었는데 그럼 어떡해. 밤에 택시가 더 위험해. 그리고 밤에는 차 별로 없어서 운전하기는 더 수월해.”

수민은 화장실에서 손만 씻고 나와서 다시 가방을 챙기고 식탁 위에 있던 차 키도 집어 들었다.

“그래도 그렇지, 뭐가 그리 급하다고 이 밤에 사람을 불러?”

“어휴, 어쩌겠어. 수당은 나오지?”

부모는 그렇게 말하며 현관문에서 신발을 신는 수민을 배웅했다. 수민은 엘리베이터를 타고 지하 주차장으로 내려가면서 그냥 택시를 탈까도 했다. 하지만 머뭇하는 사이 1층 버튼을 누를 새도 없이 지하에 도착해버려 그냥 부모의 차를 타고 가기로 했다. 부모의 말대로 밤의 도로는 질주하는 차들 때문에 위험하게 느껴졌고 차가 별로 없어서 마음이 편하기도 했다. 하지만 회사로 가려던 것은 아니었으므로 신호를 따라 이곳저곳 헤매었다.

수민은 새벽에 집으로 돌아오자마자 쓰러져 잠들었다. 언젠가 갔던 적 있는 것 같은 산속을 혼자 오르는 꿈을 꾸었다. 한참 동안이나 혼자라고 생각했는데 발을 헛디뎠을

때 누가 손을 잡아주기에 돌아보았더니 처음 보는 사람이
었다. 하지만 낯이 익었고 그 사람은 수민을 잘 아는 듯했
다. 조심해야지, 수민아.

느지막이 일어나 샤워를 하고 나왔을 때 한 사람은 소파
에 앉아 리모컨으로 텔레비전 채널을 돌리고 다른 한 사람
은 신문을 펼쳐 발톱을 깎고 있었다. 수민도 소파 한쪽 끝
에 앉아 마른 수건으로 젖은 머리를 털었다.

"드라이기로 말려."

"그래. 빨리 안 말리면 머리 빠진다. 비듬도 생기고."

부모는 수민이 머리를 말릴 때마다 늘 같은 잔소리를 했
다. 수민은 급할 때가 아니면 시끄러운 드라이기를 쓰는 게
내키지 않아 아무 대답도 않고 계속 수건으로 물기를 닦
았다.

"어젯밤에 비 왔더라."

볼만한 프로가 없는지 채널은 계속 돌아갔다.

"몰랐네. 너무 깊이 잤나."

발톱이 너무 자랐는지 딱, 딱, 하는 소리가 그치지 않

았다.

"나도 몰랐어."

"근데 어떻게 알았어."

부모는 의문문도 평서문처럼 주고받았다.

"아침에 베란다 화분에 물 줄랬는데 이미 애들이 축축해 보이더라고."

"어제 창문을 안 닫고 잤나."

"닫고 잤지."

"그럼 비는 안 쳤을 텐데."

"비 쳐서 축축한 게 아니라 생각해보니 어제 물을 줬더라고. 그래도 하룻밤이면 반은 마르는데 안 말랐더라고. 밤에 비가 와서 습도가 높으니까 흙이 거의 안 마른 거 아닐까."

"그게 그렇게 되나."

"그렇게 되더라고."

부모는 제각기 일에 몰두하면서 태평하게 고개를 끄덕였다. 수민은 밖을 내다보았다. 평소보다 아스팔트가 진해 보였다. 물기를 머금어 명도가 낮아진 것이리라. 하지만 비는 오지 않았다. 수민은 회사에 간다고 집을 나와서는 시내를 한 바퀴 돌다가 집 근처 24시간 카페에 갔다. 창가 자리에 앉아서 커피를 한 잔 시켜놓고 생각날 때마다 홀짝이며 시간을 보냈다. 아무것도 하지 않았고 아무와도 대화를 나누지 않았다. 자정께까지도 사람들이 북적이던 카페가 한두 탁자만 남자 직원들은 청소를 시작했다. 수민은 졸렸다. 한가로이 자고 싶었다. 잠깐 테이블에 엎드려도 보았지만 자세가 불편한 탓인지 잘 수는 없었다. 아주 잠깐 테이블에 머리를 파묻었던 때 말고는 내내 창밖을 보았다. 거리는 네온사인과 오가는 차들의 헤드라이트로 밤새도록 환했고 사인이 꺼지고 도로가 한가로워졌을 때는 어두울 틈도 없이 날이 밝아왔다.

수민은 부모에게 비가 오지 않았다고 말하고 싶었다. 하지만 왜 아스팔트가 젖어 있는지는 설명할 수 없었다. 지나간 밤에 오지 않은 비에 대해서 말하는 것은 쉽지 않았다. 다만 속으로 비는 오지 않았어, 그건 중요한 일도 아니었어, 하고 생각한 다음에 수민은 지난 며칠간 한 번도 애인을 떠올리지 않았다는 사실을 알아챘다. 헤어진 후 처음이었다.

"비가 왔던 게 아닌가. 밖에 봐."

"그런가? 그런지도."

부모의 말에 수민도 창밖을 내다보았다. 경비원이 호스로 화단에 물을 뿌리고 있었다.

"아."

수민은 탕비실을 수차례 오가면서 한 번도 화분에 시선을 주지 않았음을 깨달았다. 수민은 자신의 작은 탄식을 지켜보는 부모의 시선을 느끼고 입을 다물었다. '내일은 꼭……' 생각했지만 내일은 또 어떨지 모른다. 수민에게는 지키지 못한 맹세가 많이 남아 있었다.

울음의 형식

울음 전문 상담소!

피도 눈물도 없는 냉혈한으로 오해받고 있어 사회생활이 어렵습니까?

울고 싶은데 눈물이 잘 나오지 않습니까?

눈시울 적시기, 한 방울만 또르르 흘리기, 속이 뻥 뚫리는 대성통곡,

긴급한 상황에서 10초 만에 울기 등 각종 울음 기술 전격 전수!

혼자서 울기가 멋쩍습니까? 함께 울어드립니다.

우는 게 너무 힘에 부칩니까? 필요한 만큼 대신 울어드립니다.

울면 안 되는데 자꾸 우는 분들을 위한 울음 참는 법까지!

편의점에서 담배를 사 들고 나오다가 바닥에 떨어져 있

울음
울음 전문 상담실!

는 작은 명함에 눈길이 간 것은 아 울고 싶다,라는 생각을 막 한 참이었기 때문이다. 그때 '울음'이라는 단어가 선명하게 시야에 들어와 나는 허리를 굽히는 수고를 마다하지 않고 여기저기 구르고 밟혀 때가 탄 명함을 집어 들었다. 앞뒤를 면밀히 살피고 나니 이건 무슨 농담인가, 현대 예술인가, 신흥종교인가 같은 생각부터 들었지만 가짜인 것 같지 않은 전화번호 열 자리가 써 있었다. 나는 담배 한 대를 꺼내 피우면서 잠깐 망설이다가 호기심을 이기지 못하고 번호를 눌러보았다. 두세 번 신호음이 간 후 전화를 받은 여자는 "네, 엉엉울음상담소입니다" 하고 경쾌하게 말했다. 나는 뭐라 말하고 싶은지 알 수 없어 잠깐 아무 말도 않고 있었는데 휴대폰 너머에서 가느다랗게 울음소리가 들렸다. 나는 손에 든 명함의 문구들을 다시 한번 읽었다. '각종 울음 기술 전격 전수!' 수업 중인가? 그렇다면 진짠가?

"여보세요? 혹시 울고 싶은데 눈물이 나오지 않아 말문이 막힌 상황이신가요?"

여자는 좀 터무니없게 느껴지는 자신의 추측을 태연하

게 말했다. 나는 잠깐 망설이다가 대답했다.

"좀처럼 눈물이 나오지 않습니다."

"아, 그러시군요."

나는 그 뒤로 뭐에 홀린 듯이 줄줄 내 사정을 이야기했다. 평소에는 눈이 촉촉하다든가 우수에 젖은 눈빛 같은 이야기를 자주 듣는 편이라고, 하품을 하면 찔끔 눈물이 나는 일도 잦다고. 하지만 막상 울고 싶을 때, 슬픔이 북받쳐 오를 때는 좀처럼 눈물이 나오지 않아서 전단지에 쓴 것처럼 피도 눈물도 없는 인간으로 비춰질 때가 있다고 말이다. 그 말을 처음 한 사람은 아내였다. 당신이…… 사람이야? 나를 바라보는 아내의 눈빛은 나에게서 모든 기대를 내려놓은 것 같았다. 이해했다. 당시에는 누구라도 그렇게 여겼던 것 같다. 주위 사람들도 다 수군거렸다. 어떻게, 생때같은 자식이 죽었는데 저렇게 태연할 수가 있지? 나는 그때 울어야만 했는데…… 내가 슬픈 만큼 눈물을 내보이고 싶은데…… 눈물이 나오지 않았다. 오히려 무척이나 담담해졌다. 너무 큰 충격을 받으면 사고가 마비되는 경우도 있대요. 그런 걸지도 모르죠. 처형이 그렇게 말했을 때도 담담했다. 다 옛날 일이다. 이혼을 했으니까 이제 아내도 처형도 아니다. 다만 그때 실컷 울어주지 못한 것은 두고두고 후회가 되었다. 울음에도 때가 있는 것일 텐데…… 벌써 수년 전의 일인데 그 뒤로도 한 번도 운 적이 없다. 꿈에서도 그런 일은 없었다. 그때도 못 울었는데 이제 와서 울 수는 없지, 같은 생각을 하고 있는지도 모르겠다.

문에 달려 있던 종이 딸랑 울렸다. 생각보다 소리가 커서 나도 모르게 조금 놀랐다. 사무실 안의 간이침대에 주르륵 누워 있던 사람들이 내 쪽으로 고개를 돌렸는데 하나같이 눈두덩에 동그란 마스크팩 같은 것을 올린 희한한 모양새였다.

"어서 오세요. 전화 주신 분이죠?"

통화를 이어가다가 그 울음상담소라는 데가 내가 막 나온 편의점 건물의 2층이라는 것을 알았다. 그 정도 거리라면 귀찮음을 충분히 극복할 만큼 도대체 뭐 하는 곳인가 하는 궁금증이 컸다. 정말 단지 궁금한 것뿐이었을까? 내게는 간절하지만 남들이 보기엔 멍청해 보일지도 모를 선택을 할 때마다 호기심을 핑계 삼는 것 같기도 했다. 사무실 한쪽 벽면의 책상에는 아마도 상담원일 듯한 여자가 앉아 걸려오는 전화를 받고 있었다.

"예? 여기가 페미니스트 소굴이냐고요? 아, 네, 뭐. 그런 셈이지요. 아무래도 남녀노소 상관없이 다 울려버리는 데니까요. 페미니스트가 아니었으면 울겠다고 찾아온 남자한테 뭐라고 했겠어요? 사내놈이 이깟 일로 우냐고 한 소리 하고 쫓아냈겠지요?"

나와 통화한 사람도 이 상담원인 듯했다. 전화기를 통해 목소리로 만났을 때는 친절하고 상냥했는데 막상 실제로 얼굴을 보니 만사가 다 귀찮아 빨리 퇴근하고 싶어 하는 평범한 직장인처럼 피로가 가득한 표정이었다. 전화를 끊고서는 역시나 피곤한 듯 "뭔 개소리야" 하고 중얼거렸다. 잠시 쉴 틈도 없이 또 전화가 걸려오자 "네, 엉엉울음상담소입니나"라고 쾌활하게 말했다.

나는 다른 직원이 안내하는 대로 작은 원형 테이블에 앉았다. 그는 자신을 울음 트레이너라고 소개했다. 언젠가 헬스장에 피티 상담을 받으러 갔던 때가 생각났다. 그저 시설을 좀 둘러보고 한 달만 다녀볼 생각이었는데 그 원형 테이블에 앉아서 트레이너가 말하는 걸 들으며 팔뚝과 허벅지 여기저기가 만져지고 이리저리 설득을 당하다가 돌아나올 때는 1년 치를 결제한 다음이었다. 울음 트레이너도 헬스 트레이너와 비슷하게 내 현재 상태를 진단하는 일부터 했다.

"선생님은 지금 회복이 필요한 상태십니다. 정신상태가 아주 그냥 너덜너덜해요. 그게 아니었으면 이런 상호에 홀려서 들어왔을 리가 없습니다. 그런 정신상태면 당연히 몸도 영향을 받고요. 몸과 정신이 따로따로라고 생각하는 사람들이 있는데 말도 안 되는 소리지요. 정신도 몸에 담겨 있습니다. 정신이 흔들리면 몸이 그걸 지탱하느라 속수무책이 되고 몸이 만신창이가 되면 정신도 멍텅구리가 되고 맙니다."

트레이너의 이야기는 뜬구름 잡는 소리 같았다. 나는 고개를 끄덕이면서도 속으로는 이런 식으로 사이비의 길로 인도하는 것일까…… 같은 생각을 했다. 이번에는 속지 않으리…… 같은 다짐도 수차례 했다.

"한번 보여주시겠습니까?"

"무엇을요?"

"10초 만에 우는 거 말입니다. 그래야 좀 믿을 수 있지 않겠습니까?"

"보지 않으면 믿지 못하는 사람들이 있지요. 물론 지금 당장 보여드릴 수 있습니다. 하지만 눈으로 보고도 믿지 못하는 사람들도 있어요. 눈물 스틱 바른 거 아냐? 하고요."

"눈물 스틱이요?"

"눈 밑에 바르면 눈물이 나오게 하는 게 있어요."

"그래서 안 보여줄 건가요?"

"어떤 걸 보고 싶으신가요? 훌쩍훌쩍인지 흘흘인지 흑흑인지 꺼이꺼이인지."

상담소 이름이 엉엉이니까 왠지 그게 시그니처 같아서 엉엉이 좋겠다 싶었는데 꺼이꺼이라는 단어를 들으니 거기에 꽂혀서 꺼이꺼이로 해달라고 했다. 그렇게 트레이너는 울기 시작했다. 처음에는 훌쩍훌쩍이었다. 그러다가 흑흑으로 넘어가더니 금세 엉엉이 되고 결국 꺼이꺼이 울었다. 얼굴이 벌게져서 눈물을 뚝뚝 흘리며 우는 트레이너를 보니까 전 아내가 떠올랐다. 아내도 그렇게 울었는데 나는 넋 나간 사람처럼 앉아 그걸 지켜보기만 했다. 같이 울지도 않고 달래주지도 않고. 나는 눈을 질끈 감았다. 그래도 울음소리는 멎지 않고 계속 내 귓속으로 흘러들어 왔다. 아주 오래된 것과 내 눈앞의 것이 동시에 들리는 듯했다. 서럽고 억울하고 슬프고 도저히 어찌할 수 없는 감정이 뒤섞여 혼란스러운 사람의 것처럼 트레이너의 울음소리는 규칙적인 리듬을 유지하며 계속 내 귀를 파고들었다. 그 소리가 너무 압도적이어서 내 호흡도 그에 영향을 받았다. 울음소리에 호흡을 맡기고 있자니 머릿속이 점차로 차분해졌다. 그러다 왠지 미안해졌고 같이 서러워졌다. 마음이 쓰리고 아파 무너질 것만 같았다. 그렇지만 무너질 수 없었다. 그래도 폭삭 무너지면 무척 좋을 것 같았다.

사무실 여기저기서 훌쩍이는 소리가 들려 돌아보니 너도나도 울고 있었다. 그사이 트레이너는 아무 일도 없었다는 듯 눈물을 그치고 테이블 위의 갑 티슈를 한 장 뽑아 눈물을 닦은 뒤 내게도 한 장 건넸다. 얼결에 받았지만 나는 눈물을 흘리지 않아서 그 한 장을 어디에 써야 할지 몰라 손이 뻘쭘했다.

"옛날에는요. 대곡제라는 게 있었어요. 남의 장례식에서 돈을 받고 대신 울어주는 일이죠. 물론 눈물을 흘리지는 않고 곡소리만 규칙적으로 크게 내는 일이 많았겠지요. 상주가 내내 곡소리를 내기 어려웠으니까 생긴 제도 같기도 하지만 한편으로는 갑작스럽게 닥친 죽음에 도무지 어떤 반응을 해야 할지 몰라 방황하는 사람, 무기력해진 사람, 마비된 사람, 현실을 제대로 받아들이지 못한 사람들을 위해 긴급 투입되는 것 같기도 합니다. 울음에는 여러 형식이 있어요. 선생님처럼 정적이고 메마른 울음도 있습니다. 눈물도 콧물도 소리도 없지만 실은 울고 있는 상태지요."

나는 고개를 끄덕였다. 하지만 눈으로 직접 보니 더욱 잘 알 것 같았다. 내게 필요한 건 꺼이꺼이라는 형식이었다. 나도 트레이너처럼 저렇게 울 수 있는 몸을, 신체 조건을 갖고 싶었다. 그래서 수강하기로 했다. 트레이너는 3개월을 한꺼번에 결제하면 10퍼센트 디시를 해주겠다고 했지만 딱 한 달만 먼저 결제했다.

"우선 수분 보충을 열심히 하십시오."

상담소를 나서는 내 뒤에 대고 트레이너가 그런 조언을 하기에 다시 편의점으로 가서 생수 한 병을 샀다. 우선 할 수 있는 일부터 하자는 생각으로 벌컥벌컥 물을 들이켰다.

사인

이복수가 죽었을 때 그를 알던 사람들은 어렵지 않게 그의 사인을 추측했다. 아마 자살이었을 거야. 달동네 좁은 방에 세 들어 사는 그의 가난에 대해서는 쉽사리 짐작할 수 있었고, 일하고 잠자고 가끔 술 한 잔씩 마시는 것 외에 아무런 낙이 없어 보였던 그의 삶이 그런 식으로 끝난 것을 다들 어렵지 않게 납득하는 듯했다. 그의 사인은 주인 여자 강미정의 증언에 의해 더 상세해졌다.

석 달 치, 월세를 밀렸어요. 몇 푼 안 되는 수도세랑 전기세도 꽤 밀렸고. 왕래하는 가족은 없는 것 같던데? 연락하고 지내는 사람이나 있었으려나. 가끔 술주정하는 걸 들어보면 마누라랑 자식도 있었던 것 같은데. 있었나요? 뭐 어쨌든 여기선 혼자 사는 독거노인이었지. 오십대였으니까 노인이란 말은 좀 그런가? 그 사람이 마흔여덟이었다고요? 몰랐네. 적어도 오십 후반은 돼 보였는데. 오만 고생은 다 하고 살아서 그런가? 나야 월세만 받으면 되니까 얼굴 볼 일이 있나 뭐. 말을 붙여보려고 해도 필요한 용건 외엔 틈을 안 줬으니까. 눈도 맨날 퀭하고 사람이 영 생기가 없어가지고. 원체 사람 사귀기를 싫어했던 것도 같고. 그렇게 일만 하는데도 허구한 날 돈이 없었던 걸 보면 아마 빚이 많았던 모양이지. 마음 의지할 데 없는 양반이 돈도 한 푼 없었으니까 살아갈 작정을 하는 게 힘들었겠지. 난 충분히 이해가 돼.

복수에게 남은 물건은 거의 없었지만 연락을 받고 도착해 유품을 정리하는 여동생 영은에게 주인 여자는 자신의 짐작들을 털어놓았다.

영은은 하나뿐인 오빠의 마지막이 가난하고 고독했다는 사실을 듣고 깊은 슬픔을 느끼는 한편, 남은 장례 절차에 대한 곤란을 함께 상기하고 있었다. 지난 5년간 한 번도 연락하지 않고 지내왔다. 5년 전 복수가 하던 식당이 폐업 지경에 이르러 이쪽저쪽 손을 벌리더니 사라져버렸다. 영은이 대학에 들어갈 때 복수가 학비를 보태주지 않았냐는 말까지 나왔지만 영은으로서도 달리 수가 없었다. 대학 졸업 후 3, 4년간 공무원시험을 준비하느라 있던 돈도 까먹기만 했고, 계속된 낙방으로 포기하고 작은 사무직 자리를 얻어 겨우 취직한 영은에게도 융통할 수 있는 돈이 많지 않았다.

가까스로 마련한 천만 원을 전해주려고 했을 때는 연락이 닿지 않았다. 새언니에게 전화를 했을 때도 없는 번호라는 안내 음성이 흘러나왔다. 복수의 가족들이 자신에게 연락도 않고 사라진 데 대해 원망하는 마음도 들었지만 그보다 그 잠적에 남몰래 안도하는 마음이 앞섰다는 것은 영은 자신도 잘 몰랐다. 며칠 후 누군가 영은을 찾아와 욕설을 섞어가며 이복수의 행방을 물었을 때 영은은 복수가 어디 있는지 전혀 알지 못한다는 짐에 깊은 감사를 느꼈다. 몰라요, 모른다고요! 그렇게 외칠 때 영은은 근 몇 년간 자신이 한 말 중 그 말이 가장 진실된 말이라고 생각했다.

영은은 오빠와 연락이 완전히 끊기기 전에도 그다지 가깝게 지내지는 않았다. 대학교 입학금을 마련할 때나 아버지가 돌아가셨을 때, 큰일이 있을 때마다 오빠에게 의지했던 것은 사실이었지만 워낙 무뚝뚝하고 살갑게 구는 법이 없는 오빠와 가까워지기는 쉽지 않았다. 오빠가 결혼할 사람이라며 여자친구 경호를 데리고 왔을 때 그런 재주도 있었다니 하고 놀랐을 정도였다. 오빠가 결혼하고 출가한 이후로 얼굴을 볼 일마저 줄었고 명절 때나 연락해 안부를 물을 뿐이었다.

경호가 미진을 낳았을 때 영은은 처음 생긴 조카가 너무 귀여웠고 아마 그때 두 사람은 가장 자주 연락을 주고받았을 것이다. 그러다 영은이 새로 취직한 회사에 적응을 하느라 정신이 없어져 연락이 뜸해졌다. 복수가 잘 다니던 회사를 그만두고 고깃집을 오픈한다고 했을 때 한 번 찾아가 함께 밥을 먹은 적이 있었고 장사에 부침이 있어 여러 번 업종을 바꾸면서 점점 더 힘들어진다는 이야기를 새언니

로부터 전해 듣긴 했지만 영은도 자기 앞가림을 하느라 바빠 크게 신경 쓰지 못했다. 그 이후 영은도 결혼을 했고 자신의 가정을 챙기기에 급급했다. 그동안 복수에게 또 어떤 일들이 있었는지 이제 영은은 잘 알지 못했다.

복수가 큰 빚을 지게 되어 영은에게 돈을 꾸러 왔을 때, 평정심을 유지하려 노력하지만 자꾸 내려가는 입꼬리를 어쩌지 못하는 오빠를 보면서, 영은은 왜 인생이란 열심히 노력하는 것만으로는 부족한 것일까 생각해볼 뿐이었다. 이후로는 오빠를 떠올리지 않으려고 애썼다. 애쓴 덕분인지 살아가는 동안 오빠의 빈자리는 크게 느껴지지 않았다.

그렇지만 이날, 경찰로부터 복수의 죽음을 전해 듣고 유품을 처리하기 위해 자신이 살던 곳에서 300킬로미터 떨어진 복수의 집으로 왔을 때는 오빠의 빈자리를 느꼈다. 바닥부터 벽, 천장까지 때가 꼬질꼬질 낀 방 앞에 서서 오빠의 흔적을 마주했을 때 영은은, 죽지 않았으면 좋았을 텐데, 생각했디. 이런 걸 마주하지 않아도 됐을 텐데 하는 생각이 든 것까지는 영은 자신도 미처 몰랐기 때문에 자신이 오빠

의 죽음을 애도하고 있다고만 느꼈다.

대부분의 사람들은 주인 여자의 집에 복수가 살고 있다는 사실도 잘 몰랐다. 복수는 새벽같이 나갔다가 다시 새벽이 돼서야 돌아왔다. 가끔은 며칠 동안 돌아오지 않기도 했고 기어이 돌아왔을 때에는 기척 없이 방 안에서 잠만 잤다.

영은은 복수의 호적이 정리된 것을 보고 이혼했다는 사실은 알았지만 그래도 복수의 딸인 미진에게는 연락해야 할 책임감을 느꼈다. 그래도 핏줄인데. 복수의 휴대폰에 딸이라는 이름으로 저장된 번호가 있었기에 연락처는 어렵지 않게 알아냈다.

미진은 복수와 자주 연락했다. 아내 경호와 이혼한 이유는 자기 명의의 빚 때문에 혹시라도 경호나 미진에게까지 해가 갈까 싶어서였지 아예 남남이 된 것은 아니었다. 경호와 미진에게는 지방의 작은 월세방을 구해주고 복수는 서울에서 일을 하며 가끔 아내와 딸을 만나러 갔다. 밤이면 미진은 잠든 척 이불을 뒤집어쓰고 누워 두 사람이 손을 맞잡으며 나누던 이야기를 엿듣곤 했다. 이제 얼마가 남았지…… 미진은 그 속삭임을 엿듣는 것에 대해 가끔 죄책감을 느꼈다. 복수가 많은 빚을 졌다는 것은 미진으로서도 모를 리 없게끔 드러나는 사실이었음에도 구체적인 세목들은 복수와 경호 두 사람만의 비밀이었다. 미진이 그에 대해 물을라치면 경호는 몰라도 되는 것, 복수와 경호가 해결할 것이라고만 말했다. 그러면서 미진의 요구는 가능한 범위 내에서 들어주려고 애썼다. 갖고 싶은 것, 입고 싶은 옷, 가고 싶은 곳, 그 모두를 가지거나 입거나 갈 수는 없었지만 그래도 그중 몇 가지는 이루어졌다. 그래서 미진은 세상이 마냥 겁나지만은 않았다. 가끔 월세를 내지 못해 집주인에게 사정하는 경호의 통화를 듣게 될 때는 사는 게 무서웠다. 언제라도 집에서 쫓겨나는 것 아닐지 엄마와 아빠는 왜 빚만 잔뜩 졌는지 원망스럽기도 했다. 그래도, 그래도…… 죄를 짓지 않고 성실하게 하루하루 살아가는 부모를 미워할 수는 없었다. 이제 얼마가 남았지…… 다음날을 향한 기대에 찬 목소리를 미워할 수만은 없었다.

복수의 죽음을 듣고 경호는 그럴 리가 없다고 말했다. 그 믿음이 너무 확고해서 장례식장으로 가는 일도 거부했다. 말도 안 된다, 그럴 리가 없다. 결국 미진 혼자 서울에 갔다.

장례식은 시 외곽에 있는 오래된 장례식장에서 치렀다. 지하에 있는 장례식장의 복도는 유행이 지난 타일이 붙어 있어 화장실 같은 인상을 주었고 쓰레기통에는 한여름이라 그런지 날파리가 들끓었다. 의외로 찾아오는 사람들이 있었다. 같이 일한 적이 있는 사람들이라고 했다. 드문드문 찾아오는 사람들이 위로의 말을 건네고 조용히 술을 따르다 갔다. 김정호 역시 복수와 같이 일한 적이 있다고 말했다. 그는 복수의 사인을 우울에 의한 자살이라고 추측했다.

한번은 곱창집에서 소주를 마시다 말고 아주 펑펑 울더라고. 내가 깜짝 놀라서, 아니 우리가 그렇게 가까운 사이도 아니고 사람들 다 보는 데서 그렇게 울어대니까, 가게 밖으로 데려 나와서 무슨 일이 있냐고 물었지. 그랬더니 또 아무 일도 아니라면서 울음을 그치더라고. 난 진짜 뭔 일이라도 난 줄 알았다니까. 나중엔 또 취해가지고 실실거리면서 웃었는데 지금 생각하니 좀 섬뜩하네. 그때부터 벌써 정신이 왔다 갔다 했는지도 모르지. 당시엔 그냥 맘이 좀 힘든가 보다 하고 말았지만. 내가 무슨 낌새라도 챘으면 안 죽었을까? 근데 내가 뭘 할 수 있었겠어요. 서로 시답잖은 얘기나 하면서 몇 번 소주나 마신 게 단데. 사람이 참 성실하고 착하긴 했어요. 그 뒤로도 종종 같이 마셨지. 전엔 영 안 그러던 사람이 한번은 자기가 사겠다고 부르더라고. 그 사람 신용카드 같은 거도 없었어. 신용불량자 그런 거 아니었을까? 주머니에서 꼬깃꼬깃한 만 원짜리를 몇 장 꺼내서 계산하는데 내가 저 돈으로 얻어먹었네 싶어서 쪽팔리더라니까. 그러고 나서도 몇 번 우겨서 계산하게 두긴 했는데 일이 이렇게 되고 보니 맘에 걸리네. 혼자 있는 게 싫어서 별로 친하지도 않은 날 앉혀다가 밥 사주고 술 사주고 했지 싶어. 아마 우울증? 그런 거였겠지. 요샌 다들 그거 때문에 죽잖아.

영은은 정호의 테이블에 음식을 나르다가 오빠와 어떻게 아는 분이냐고 몇 마디 물었던 것을 후회했다. 옆에 앉아 듣는 둥 마는 둥 고개만 끄덕였다. 영은은 복수와 우울증이라는 단어가 참 안 어울린다는 생각을 했지만 정호는 그것 말곤 다른 이유가 없다는 듯이 말하고는 소주를 들이켰다. 정호도 영은도 복수가 울었던 진짜 이유에 대해서는 몰랐다. 복수는 한 달 전에 빚을 다 갚았다. 밤낮없이 닥치는 대로 일을 하고 아주 짧은 시간 동안만 시체처럼 잤다. 빚을 다 갚은 후 어느 날에는 공사장에서 일을 몇 번 같이 했을 뿐 잘 알지도 못하는 정호 앞에서 펑펑 울어버리기까지 했다. 정호가 왜 그러냐고 물었을 때에는 울었다는 사실이 몹시도 민망해 아무 일도 아니라고 얼버무렸다. 그날 밤 좁고 어두운 방으로 돌아와 솜이 납작해져 외피만 남은 듯한 이불 속으로 들면서는 사실대로 말할 걸 그랬다고 생각했다. 완전 남이라고는 해도 그런 일에는 아마 진심으로 기뻐해줬을 텐데. 그랬다면 좀 더 마음껏 울어도 괜찮았을 것이다. 그러나 아무래도 좋았다. 내일부터 하는 일은 지난날의 과오 때문만은 아니다. 그 생각만으로도 심장이 쿵쾅거렸다. 이젠 아무것도 안 남았어…… 복수는 잠들기 전 경호에게 전화를 걸어 그렇게 말했었다.

미진은 장례식장에서 사람들이 '아버지의 자살'을 이해하고 있다는 것을 알았다. 다른 사인은 필요치 않아 보였다. 사람들은 아버지를 당장 자살해도 이상하지 않은 사람으로 여기고 있었다. 복수의 삶에는 계속 살아가기 위한 동력이 충분치 않다는 듯이. 살 이유가 결여되어 있는 대신 죽을 이유는 많다는 듯이. 그의 결심을 기꺼이 받아들인다는 듯이. 혼자 고생만 하다 가버렸다지? 가족들이라도 곁에 있었으면 좋았을 텐데. 미진은 매일 밤 아버지와 통화했던 일에 대해서 말하고 싶었지만 사람들은 그런 변명을 들을 겨를 없이 위로하는 데에만 혈안이 되어 있었다. 그러면서 복수의 처지를 진단하는 것이었다. 불안불안했어. 당장이라도 뛰어내릴 사람처럼. 하지만 부검에 의하면 이복수의 사인은 심근경색이었다. 그리고 뒤따른 또 다른 불운들. 발견 시점이 늦었던 데다 경찰차나 구급차나 찾아오기 힘든 좁은 골목 끝에 집이 있어 병원으로의 이송이 늦어졌다는 점이 겹치면서 죽음에 이르렀다. 미진은 사람들에게 그 점을 설명했다. 아버지는 스스로 목숨을 끊은 게 아니었어요. 심근경색 때문이었어요. 아버지에게는 죽을 이유 같은 건 아무것도 없었어요. 사람들은 고개를 끄덕였다. 미진의 말을 받아들여서가 아니었다. 미진이 죄책감을 덜기 위해 노력하는 것을 눈감아준다는 의미에서였다.

뒤늦게 장례식장에 도착한 경호는 여전히 믿을 수 없다는 표정이었다. 그래서 오랜 세월 참아왔던 눈물을 다 쏟아내고 말았다. 미진은 경호의 눈물을 지켜보면서 어느 밤에 이불 속에서 잠든 척하며 들었던 대화를 떠올렸다.

텔레비전에서는 누구였는지 대단한 재벌집 아들이 자살했다는 뉴스가 흘러나왔고 경호와 복수는 맥주 한 잔씩을 나누며 그 뉴스를 보고 있었다.

"저렇게 가진 것도 많은 사람이 뭐가 부족해서 자살을

했을까."

"모르지. 남들 모르는 사정이 있었나 보지."

"그럴 이유가 뭐가 있었을까. 저렇게 많이 가진 사람이 돈이면 다 되는 세상에서……."

"미진 아빠, 돈이 다는 아니잖아."

꽤 오래 정적이 흘렀다. 돈이 전부가 아니라는 말은 어쩌면 두 사람에게는 무척 과분한 말인지도 몰랐다.

"맞아, 아니지. 그렇지만…… 그래도…… 저런 사람도 죽을 이유가 있었다니 선뜻 이해가 안 가서 그러지."

누군가 채널을 돌렸다. 사람들이 모여 와하하 웃음을 터뜨리는 예능, 흘러간 옛 노래를 부르는 〈가요무대〉를 지나 잔잔하게 흐르는 듯한 물소리에서 채널이 멈췄다.

"근데, 나는 그런 거 없어. 죽을 이유 같은 건 없어."

단호히 말하는 복수의 목소리를 들으면서 미진은 생각했다. 인생은 장밋빛이 아니구나. 비단길도 꽃길도 아니고 가시밭길이구나. 마냥 행복하지도 않구나. 인생은 그런 것. 그러나 죽을 이유 같은 것은 없고 우리는 살아갈 것이다.

“안 덥나?”

복수가 슬그머니 미진의 이불을 들추었다. 복수는 미진이 별 탈 없이 잠든 것을 보고는 다시 가만히 이불을 덮었다. 경호가 미진의 머리카락을 가지런히 정리해주고 머리통을 두어 차례 쓰다듬는 동안 복수는 조용히 부채질을 해주었다. 미진은 그 손길들을 느끼면서 꽤 안도했다. 안도하며 깊은 잠에 빠져들었다. 아무런 꿈도 없는 잠이었다.

의자의 활용

F시에 새로운 공장이 들어섰다. F시 토박이로 고등학교 졸업을 앞둔 K는 대학에 갈 형편도 되지 않고 아버지를 따라 배를 타고 싶지도 않아 고민하던 차에 가까운 곳에 공장이 들어서자 일찌감치 지원하였고, 공장의 지역민 우선 채용 정책에 따라 큰 무리 없이 정식 직원이 되었다. 공장이 가동되기 시작하자 늙은이들만 오가던 F시는 직장을 찾아 이곳저곳을 전전하던 뜨내기들이 몰려들어 활기를 띠기 시작했다. 자잘한 경범죄들이 늘어났으나 F시의 평균임금 증대를 생각하면 무시할 만한 수준이었다. 어느 날 출근하기 위해 현관에 걸터앉아 작업화를 꿰어 신는 K에게

K의 어머니가 물었다. 공장에서 무얼 만드니. K는 돌아보지 않고 대답했다. 아시잖아요. 우리 공장은 부품을 만들어요. 그건 대체로 가전제품에 들어가죠. 저희는 주문을 받고 만들어서 납품을 하고요. 어머니는 한숨을 내뱉듯 대꾸했다. 그래. 다녀와라. 현관을 나서면서 K는 공장에 퍼진 소문을 어머니도 들었다는 걸 깨달았다. 실은 박격포를 만든다던데. 아냐, 기관총이나 자동소총이랬어. 탱크 아니었나? 곧 전쟁이 터질 거고 이 공장은 전쟁을 대비해서 급히 세워진 군수품 생산기지인 셈이지. 누가 요새 탱크로 밀어붙이면서 전쟁을 해요. 버튼 하나면 끝날 텐데. 너희들 아무것도 모르는구나. 전쟁이 터지기 전에 모든 시스템이 무력화될 거야. 그땐 어떻게 싸우겠어. 육탄전이 될 수밖에 없을 거야. 입사할 때 너희도 도장 찍었지? 공장 내부의 일은 절대 외부로 발설하지 않는다. 단순히 기술 유출을 막으려는 게 아니야. 전쟁을 대비해서 무기들을 만들고 있다는 게 외부에 알려지면 모두 혼란에 빠실 테니까. 점심을 먹고 나와 공터에서 담배를 피우며 오가는 시답잖은 이야기

에 하나둘 말을 보탰다. K는 잠자코 듣기만 했다. 작업 시작을 알리는 벨소리가 공장 내에 울려 퍼지자 사람들은 담배꽁초를 내팽개치고 작업화로 짓이기며 자리를 떴다. 누군가 K의 어깨를 툭 치며 말했다. 저런 개소리를 귀담아듣고 있는 건 아니지? 아버지 연배의 작업반장이었다. K는 사실이 어떻건 자신의 역할에만 충실할 수 있으면 그만이라고 생각했다. 난 아무것도 몰랐고 내게 주어진 일을 했을 뿐이야. 저 그렇게까지 멍청하지 않아요. K는 웃으며 대꾸했지만 작업반장은 웃지 않았다. 다음 날 대량 반품이 들어와 공장 가동이 중단됐다. K는 부품의 하자를 검수하는 일에 동원됐다. 검수 작업은 샌드위치패널로 건물만 지어놨을 뿐 아직 텅 비어 있는 제2창고에서 진행되었다. 부품에는 문제가 없었다. 이상한데. 작업반장은 완제품을 가지고 와서 뭐가 문제인지 확인해봐야겠다며 잠시 기다리라 말하고는 자리를 떴다. K가 보기에도 작고 동그란 부품에는 별문제가 없었다. 그냥 언제나처럼 작은 원형일 뿐이었다. 기계가 이 원형의 부품을 마구 쏟아내는 걸 지켜봤었다. 기계는 언제나처럼 조작되었고 꼼꼼히 확인했기 때문에 실수는 없었을 것이다. 하지만 미처 발견하지 못한 실수가 얼마든지 있을 수 있었다. 크기가 미묘하게 달랐을지도 모를 일이다. 그게 아니라면 아마 조립을 잘못했거나 K의 공장이 아닌 다른 공장에서 만든 부품에 문제가 있었을 것이다. 잠시 후 작업반장은 의자를 들고 나타났다. 뭐예요? 완제품이지. 완제품이요? 그래. 여태 우리가 만든 부품이 의자에 들어가는 거였다고? 분명 가전제품이나 자동차라고 했는데. 의자였다니. 의자나 전자제품이나 별다를 게 없다고 생각하면서도 제품의 단가를 생각하면 조금 실망스러워지는 건 사실이었다. 하지만 반장이 창고 가운데에 의자를 내려놓고 어딘가에서 호스를 끌어와 물을 주기 시작하자 그 마음은 사라졌다. 지금 뭐 하시는 거예요? 뭐 하냐니. 제품을 실행시키고 있잖아. 반장은 아무렇지도 않게 의자에 물을 주며 대꾸했다. K는 그 둘에게서 한 발짝 떨어져서 상황을 지켜봤다. 반장이 맛이 간 걸까. 이윽고 의자는 자라기 시작했다. 창고 지붕을 뚫을 만큼 거대해졌을 때 반장은 물

주는 일을 그쳤다. 이게 어떻게 된 일이에요! K는 멍한 표
정으로 의자를 올려다보는 반장을 향해 소리쳤다. 반장은
대꾸가 없었다. 의자에서 가느다란 진동이 느껴지자 황급
히 어떤 말을 뱉어낼 뿐이었다. 뭔가 잘못됐어. 진동은 점
점 거세졌고 K는 창고 밖으로 달아났다. K가 창고를 채 빠
져나가기 전에 의자는 폭발했다. 엄청난 폭발로 F시는 유
령도시가 되었다. 얼마 후, 시제품의 테스트 결과 아무 문
제 없이 정상 작동하여 첫 번째 임무를 완수했다는 보고서
가 제출되었고 G시에 새로운 공장이 들어섰다. G시 토박
이로 대학 졸업 후 취업난으로 변변찮은 직장을 구하지 못
했던 L은 방황하던 차에 가까운 곳에 공장이 들어서자 고
민 끝에 지원하였고, 공장의 지역민 우선 채용 정책에 따라
큰 무리 없이 정식 직원이 되었다.

ⓒ 김지혜 | 『꿈 목욕』 마음산책

꿈이 종종 현실의 나를 휘덮을 때가 있습니다. 마치 폭포처럼 쏟아져 내리는 꿈을 온몸으로 맞은 듯이 말이지요. 김지연 소설가는 이를 '꿈 목욕'이라고 표현했습니다. 첫 짧은 소설집 『꿈 목욕』의 표제작이자 맨 처음 수록된 이 작품은 그가 "실제로 꾼 꿈의 일부"입니다. 꿈과 물이 뒤섞인 오묘한 폭포에 몸을 적신 한밤의 기억을 소설화한 것이랄까요. 우리는 「꿈 목욕」을 마중물 삼아 그가 꾸려놓은 이야기의 통로를 점차로 지나가게 됩니다.

작품 속에는 꿈과 현실의 경계에서 서성이는 인물들이 등장합니다. 휴식차 방문한 호텔에서 반복되는 하루에 갇히고, 죽은 뒤 과거의 연인을 따라 산책하고, 배꼽이 늘어났다 줄어들고, 인간이 악어가 되어가는 일들이 태연히 벌어지는 세계를, 그들은 무심한 얼굴로 살아갑니다.

그 세계는 현실이 감당 못 할 감정들이 모이고 고여든 또 다른 현실처럼 느껴지기도 해요. 김지연 소설가는 목격자가 되어 거기에서 삶과 꿈과 죽음의 장면들, 말하지 못했던 감정들을 건져 올립니다. 과거와 현재, 아직 오지 않은 미래의 '우리'가 공존하는 꿈결 같은 이야기에 함께 젖어들어주세요.

마음산책 드림

도둑

오랜만에 향인회 모임에 갔다가 밤 10시에 가까워 집으로 돌아온 판조와 순임은 난장이 된 집 안 꼴을 보고 깜짝 놀랐다. 도둑이 든 것이었다. 불행 중 다행으로 베란다의 화분이 깨진 것 외에 금전적 손해는 없었다. 돈 되는 걸 찾으려는 듯 온 집 안을 헤집어놨지만 아무것도 찾아내지 못했을 것이다. 애초에 돈 될 것들이 많지 않았고 현금을 집에 두는 편도 아니었다. 신고를 받고 찾아온 경찰은 초범의 소행인 것 같다고 말했다. 어쩌면 어린 학생들일지도 모른다는 말도 덧붙였다.

"1층이라 베란다로 쉽게 들어왔을 거고, 다른 데서는 신고가 들어온 게 없어요. 그냥 쉬운 장소여서 들어온 것 같은데 충동적이었을 수도 있고…….”

경찰은 베란다 창문을 열어 밖을 한번 휙 훑어보고 거실로 돌아왔다. 거실엔 벽걸이 텔레비전과 검은 가죽 소파가 전부였다. 장식장도 없고 액자나 달력 같은 것도 보이지 않았다. 주방에는 의자가 세 개 있는 식탁이, 안방에는 침대와 옷장과 화장대가, 서재에는 양쪽 벽면에 책장만 하나씩 있었다. 책장도 듬성듬성 비어 있었다. 도둑도 여기저기 쑤셔대다가 얼핏 봐도 값비싼 물건이라고는 없어 허탕만 쳤다고 생각하고 돌아갔을 것이다.

“집에 뭐가 좀 없네요.”

“이 사람이 맨날 버려서.”

순임의 대답에 판조는 뜨끔했다. 지난해 정년 퇴임을 한 판조는 집 청소에 열을 올렸다. 그중에서도 버리는 일에 몰두했다. 순임이 점점 집이 휑해진다고 말할 정도였다.

“따님은 뭐 없어진 거 없나요?”

“그건 개가 와봐야 알겠는데.”

“언제 오죠?”

“출장 갔어요. 중국에서 무슨…….”

순임의 말을 자르며 판조가 대답했다.

“일주일 뒤에나 옵니다.”

정확히는 닷새 후였다. 판조는 훔쳐 간 것도 없으니 빨리 경찰을 돌려보내고 쉬고 싶었다. 안 그래도 몇 달 동안 앓아온 허리 디스크로 고생인데 도둑이라니, 두통까지 심해져 인상을 있는 대로 구긴 채 허리에 손을 짚고 있었다.

“아, 지금 확인 못 할까요? 문이 잠겨 있는 것 같던데.”

“열쇠는 개만 들고 있어요. 잠겨 있어서 아마 도둑도 못 들어갔을 거예요.”

순임의 말에 경찰은 피식 웃었다.

“도둑이 괜히 도둑입니까. 잠긴 문 따고 들어가는 게 도둑이죠.”

경찰이 돌아간 뒤에 순임은 혜주의 방 열쇠를 찾아보았으나 찾지 못했다. 억지로라도 열어볼까 싶었지만 판조가 말렸다.

“도둑이 들어갔으면 굳이 다시 잠그고 나왔겠어?”

혜주가 방문을 잠그고 다니기 시작한 것은 판조가 퇴직 이후 집 안의 물건들을 정리하기 시작하던 시기와 맞물렸다. 판조가 보기에는 분명히 안 쓰는 것임이 확실한 낡은 천 가방 하나가 혜주 방 옷걸이에 축 늘어진 채 걸려 있기에 버린 것이다. 분명 자주 쓰는 가방은 아니었다. 혜주는 그 사실을 일주일쯤 후에 알아차리고는 친구가 손수 만들어 선물해준 것인데 왜 남의 물건을 물어보지도 않고 버렸냐며 화를 냈다. 판조가 생각하기에도 충분히 화를 낼 만한 상황이었으므로 할 말이 없었다. 다음부터는 허락 없이 혜주의 물건에 손대지 않겠다고 약속했지만 낮에 혜주가 일을 가고 순임이 계 모임을 가 없을 때 소파에 앉아 텔레비전을 보다가 무료해지면 또 더 버릴 것은 없나 집을 둘러보았고 그러면 시선은 늘 혜주의 방으로 향했다.

그 방에서 1, 2분 머무르며 컴퓨터 책상과 화장대, 침대, 옷장, 옷걸이를 둘러보면 판소는 버려도 될 법한 것들을 네다섯 가지는 손쉽게 발견할 수 있었다. 컴퓨터 책상에는 카

페에서 받아온 듯한 쿠폰과 멤버십 카드 같은 것들이 어지
럽게 나뒹굴고 있었는데 그중에는 사용 기한을 넘긴 것도
있었다. 화장대 위에 뒤집힌 채 놓여 있는 스킨 한 통은 들
어보니 다 쓴 것 같았다. 침대 위의 빈 포장지나 옷장 위의
빈 상자들, 옷걸이에 걸려 있는 지저분해 보이는 종이 가방
들도 다 버렸으면 싶은 것들이었다. 책장에 겹겹이 쌓인 책
들은 분명 읽지도 않는데 자리만 차지하고 있었다. 사실 혜
주가 가진 것 중에서 판조의 마음에 드는 것은 거의 없었
다. 그래서 몇 차례 버려보았고 혜주는 어떤 것은 그날 저
녁에 당장, 또 어떤 것은 며칠이 지나서 사라진 것을 확인
하고 소리쳐 판조를 불렀다. 그런 일이 몇 번 더 반복되자
혜주는 문을 잠그고 다니기 시작했다.

"혜주 물건 뭐 없어졌으면 어쩌지? 훔쳐 갈 만한 거 없
었나?"

"노트북은 가져갔을 거고. 뭐 없지 않나. 죄다 잡동사니
뿐인데."

"그래도 반지 같은 귀금속도 있을 거고."

판조는 순임이 어질러진 방을 치우는 동안에도 허리가 아프다는 핑계로 슬그머니 침대에 누웠다. 순임은 아무래도 확인을 해봐야겠다는 생각에 방문을 열기로 작정했다. 그렇다고 이런 일로 열쇠 수리공을 부르기에는 돈이 아까웠다. 어떻게 드라이버나 실핀 같은 걸로 찔러보면 열릴 것도 같았다. 실핀도 판조가 다 버렸는지 화장대 여기저기에 널브러져 있던 것이 하나도 보이지 않았다. 싱크대 서랍에 넣어두었던 것도 같았지만 거기에도 없었다. 그뿐만 아니라 거기에 두었던 다른 잡동사니들, 중국집에서 짜장면을 시켜 먹고 받은 일회용 나무젓가락이나 이쑤시개를 비롯하여 한 번씩은 쓸 일이 생기던 노란 고무줄, 찌개에 넣으려고 남겨둔 라면수프 같은 것도 없었다. 아예 아무것도 없었다.

"여기 있던 거, 다 버렸어?"

판조는 안방에서 도둑이 바닥에 팽개쳐놓은 옷들을 보며 버릴 것이 없나 살펴보다가 순임이 가리키는 '여기'를 한번 돌아보고는 대답했다.

“아니.”

“당신 아니면 누가 버려.”

“내가 무슨 버리는 사람이야?”

“아니야?”

순임의 질문에 판조는 아무 말도 않았다. 순임의 말이 맞았기 때문이었다. 그렇지만 순임이 그런 심증을 갖고 있다는 것에는 어쩐지 억울한 심정이었다. 못 버릴 걸 버린 것도 아니고 전부 꾀죄죄하고 쓸데없는 것들뿐이었다.

“그런 것 좀 모아두지 마.”

“내가 쓰려고 둔 건데 무슨 상관이야.”

“꼬질꼬질해가지고 두고 볼 수가 있어야지.”

순임은 다른 서랍도 열어보았지만 사정이 비슷했는지 한숨만 푹 내쉬었다.

“드라이버도 버렸어?”

“그걸 왜 버려. 베란다 공구함에 있어.”

베란다에는 아직 치우지 못한 도둑의 침입 흔적이 남아 있었다. 깨진 화분이 흙을 쏟아낸 채였다. 막 꽃봉오리를 맺은 군자란이었다. 순임은 내일 날이 밝으면 나가서 새 화분을 사 와야겠다고 생각했다. 공구함에는 십자드라이버뿐이었다. 칼과 카드로도 시도해보았지만 실패였다. 방문과 문틀에 자국만 남았다.

"쓸데없이 튼튼하네."

그 때문에 역시 도둑도 이 문을 열지 못했을 거라는 결론에 이를 뻔했지만 경찰이 말한 대로 도둑은 도둑이었다. 무슨 일인가 벌어져서 이 방도 다른 곳과 마찬가지로 난장판이 되어 있다면 그걸 가장 먼저 확인하는 사람이 혜주가 되게 해서는 안 됐다. 서른이 가까운 다 큰 딸이라고 해도 순임에게는 여전히 겁 많고 철없는 애였다.

자정이었다. 열쇠집은 24시간 할 테지만 판조가 내일 아침 일찍 전화하자고 말했다. 순임도 피곤이 몰려왔기에 엉망진창이 된 옷들도 한쪽에 그대로 두고 베란다 창문만 단단히 잠근 채 서둘러 잠자리에 들었다.

다음 날 순임은 눈을 뜨자마자 열쇠집에 전화를 걸었으

나 받지 않았다. 현관에 열쇠 수리 전화번호 스티커가 덕지덕지 붙어 있었으므로 몇 군데 전화를 해보았지만 안 받거나 다른 곳에 가 있어서 당장 올 수 없다고 했다. 방문이 잠겼다고 했더니 그건 카드로도 열 수 있어요, 하고 전화를 끊는 사람도 있었다.

"다들 배가 불렀네. 어쩌지?"

"그냥 냅둬. 갔다 와서 지가 열쇠로 열겠지."

"혹시 뭐 훔쳐 갔으면?"

"경찰 다시 불러야지."

그렇게 태평한 이야기를 주고받으며 두 사람은 아무래도 범인 역시 이 문을 열지 못했으리라는 심증을 굳혔다.

"맞다. 나 점심 약속 있어."

"누구랑?"

"한마음."

한마음은 순임과 함께 산을 다니는 사람들의 모임 이름이었다. 그것 말고도 고교 동창 모임과 구립 수영장 오전반 모임, 행정복지센터 서예반 모임에도 나가고 있었다.

순임이 모임을 가기 전 미용실에 들러야겠다며 집을 나선 다음에 판조는 어제 다 정리하지 못한 옷들을 정리했다. 버리고 싶은 옷이 몇 개 눈에 띄었다. 사십대 때 입던 것인데 살이 조금 더 붙기도 했고 지금 입기엔 어려 보이는 옷들이라 앞으로 더는 입을 일이 없을 것 같았다. 그런 식으로 추려낸 피케 셔츠 몇 가지와 아직도 갖고 있다는 게 믿기지 않는 청바지, 넥타이, 허리띠 들을 커다란 비닐봉투에 집어넣었다.

봉투는 반 정도만 찼기 때문에 판조는 더 버릴 것이 없나 살펴보았다. 순임의 옷이 눈에 띄었다. 도대체 언제 입은 건지 기억도 안 나는 꽃무늬 원피스가 세 벌이나 있었다. 그것도 봉투에 넣었다. 프릴이 치렁치렁 달린 하얀 블라우스와 목이 늘어난 반팔 티도 몇 장 넣었다. 그것들을 한데 넣어버려도 집은 전과 똑같아 보였다. 하지만 서랍 어딘가에 굴러다니던, 판조 자신도 미처 몰랐던 쓸데없는 잡동사니가 또 사라졌다는 점을 상기하면 한층 더 쾌적하게 느껴졌다. 판조는 아프기 시작한 이후로 보이지 않는 것들을 더 잘 관리해야 한다고 믿었다. 언제 썩어 문드러져서 고약한 냄새를 풍길지 모르니까.

쓸데없는 것을 점점 더 줄여나간다는 점에 판조는 만족하면서 혼자인 틈을 타 집 구석구석을 또 살펴보았다. 싱크대 서랍장은 몇 번이나 보았던 곳이지만 그래도 혹시 놓친 것이나 쓸데없이 새로 쌓아둔 것이 있을지 몰라 또 보았다. 순임은 자질구레한 걸 다 모아두는 사람이었기 때문이다. 그새 또 새로 생겨난 고무줄이 몇 개 있어서 판조는 그걸 얼른 쓰레기통에 버렸다. 서랍을 다 꺼내 그 뒤로 넘어간 것들은 없는지도 살펴보았다. 베란다에 있는 화분들도 한 번씩 살펴보고 좀 시들한 것, 같은 종류가 여러 개 있는 것들은 버려도 되지 않을까 따져보았다. 깨진 화분과 쏟아져 나온 흙들도 따로 봉투를 가져와 조심조심 넣었다. 그렇게 쪼그려 앉아 있다 보니 허리가 조금씩 시큰거리며 열이 나는 것 같아 거실 바닥에 누웠다가 그 딱딱함과 차가움이 조금 못마땅해져서 안방 침대에 누웠다. 누워서도 눈알을 굴리며 안방엔 더 버릴 것이 없나를 따져보았고 침대의 밑

판이 서랍 형태로 되어 있다는 사실을 떠올렸다. 아픈 허리를 다독이며 일어나 서랍을 당겨보았으나 오래 쓰지 않은 탓에 꽉 맞물려 잘 열리지 않았고 한참을 끙끙댄 후에야 완전히 열 수 있었다.

그 안에는 정말이지 쓸데없는 것들, 20세기에 나왔던 커다란 휴대폰과 삐삐, 배터리들, 콘돔, 어디에 쓰는 건지 알 수 없는 전선들, 옛날 텔레비전의 리모컨 같은 것들이 있었다. 판조는 마땅히 버려야 할 것들을 찾았다는 데 기뻤다. 그보다 더 기뻤던 것은 열쇠를 찾았기 때문이었다.

집의 열쇠들이 다 있는 꾸러미였는데 여벌로 만들어둔 것 같았다. 판조는 그 꾸러미를 들고 혜주 방 앞으로 가서 하나씩 맞춰보았다. 마지막으로 넣어본 것이 맞아서 판조도 모르게 헛웃음이 나왔다.

다행히도 혜주의 방은 털리지 않은 채였다. 도둑이 혼자였을지 여럿이었을지 모르지만 잠긴 방문 하나를 열지 못했으니 초짜였던 게 분명하다. 며칠 잠겨 있어서 그런지 혜주 방 특유의 냄새가 진하게 났다. 화장품과 섬유유연제가 뒤섞인 냄새였다. 판조는 방문을 닫고 나왔다. 다시 문을 잠그면서도 계속 택배 상자가 눈에 밟혔다. 저 정도는 버려도 되지 않을까. 판조는 버리는 일에 중독된 사람처럼 그 일을 멈출 수가 없었다. 결국 다시 문을 열고 빈 택배 상자를 가지고 나왔고 모든 일은 도둑에게 떠넘기기로 했다. 도둑에게 문을 따는 것쯤은 아무 일도 아닐 테고 온 집을 헤집었는데 방 하나를 빼먹을 리가 없었다. 혜주에게는 그렇게 말하면 된다. 판조는 버리고 싶은 것을 마음껏 버리고 모든 책임을 도둑에게 전가하기로 했다. 그렇게 결정하고 나니 마음이 편해졌고 너무 기뻐서 흥분까지 됐다. 판조는 새 봉투를 가져와 쓸데없는 것들을 담기 시작했다.

오랫동안 판조가 손댈 수 없었던 곳이라 버릴 것 천지였다. 아직 애들 취향을 못 벗어난 것 같은 장난감 장식품들, 사은품으로 받았다는 정체불명의 자질구레한 것들, 집 안에서도 뒤집어쓰고 다니던 검정 후드티, 판조의 기준에서 쓸데없는 것들, 못마땅했던 것들을 모조리 봉투에 넣었다. 점점 정리되어가는 방을 볼수록, 점점 볼록해지는 봉투를 볼수록 속이 후련했다. 그러나 곧 낭패감이 찾아왔다. 도둑들이 변태가 아니고서야 뭐 하러 이런 쓸데없는 걸 다 가져간단 말인가. 결국 판조는 쓸모없는 것을 버리기 위해서 쓸모 있는 것들도 몇 개 쓰레기봉투에 넣기 시작했다. 나중에는 그냥 책상 위에 있는 것들은 다 봉투에 담았다. 귀금속에 손을 대지 않을 리가 없으니까 화장대 위에 있던 반지와 귀걸이도 담았다. 한참을 봉투를 채우고 있자니 허리가 뜨끈해져왔고 판조는 슬그머니 몸을 일으켜 혜주의 침대에 누웠다.

판조는 몸을 쭉 펴고 누워 눈을 감고서 혜주가 돌아오면 어떤 반응을 보일지를 생각해보았다. 당연히 처음엔 다짜고짜 화를 낼 것이다. 그럼 판조는 왜 이런 지경이 됐는지를, 그럴 수밖에 없었던 이유를 설명해낼 것이다. 도둑이 들었다, 모든 것을 다 가져가고 모든 것을 다 부쉈어. 그럼 혜주는 납득할 수밖에 없을 것이고 체념할 것이고 없어진 것이 뭣 뭣인지를 헤아려볼 것이다. 그중 몇 개는 없어졌는지 눈치채지도 못할 것이다. 결국엔 아무 일도 없었다는 듯 살아가게 될 것이고, 그건 실제와도 크게 다르지 않다. 오히려 더 낫지 않나. 판조는 허리가 아파 쓰레기를 밖에 내놓지는 못하고 혜주의 방에 둔 채로 문을 잠갔다. 순임에게는 열쇠를 찾았다는 말은 하지 않을 작정이었다.

판조가 허리께에 손을 짚고 누워 있다가 일어났을 때 현관문이 열리는 소리가 들렸다. 어떻게 수습할 틈도 없이 순임이 들어왔다. 순임은 점심 약속이 취소됐다며 미용실에 들렀다가 집으로 돌아왔다. 빈 화분 하나를 품에 안은 채였다.

"이 봉투는 뭐야?"

안방으로 들어간 순임은 봉투를 발견했는지 소리쳐 물었다.

"점심 약속은 어떻게 하고?"

"취소됐다니까. 근데 이거 버리는 거야?"

"이건 내가 아까 청소하던 거……."

순임은 대수롭지 않게 봉투를 눈으로 훑다가 그 안에서

익숙한 꽃무늬를 발견하고 소리를 질렀다.

"이거! 이거 누가 버리래?"

판조는 갑자기 터져 나온 소리에 움찔 놀라면서 조심조심 대답했다.

"옛날 옷인 것 같은데 안 입는 거 아냐?"

순임은 봉투 속에 있는 것을 끄집어내며 말했다.

"무슨 소리야, 지난주에 홈쇼핑에서 산 건데."

"당신이 이런 걸 입는다고?"

순임은 말없이 옷을 끄집어내며 제발 허락 없이 다른 사람 물건에 손 좀 대지 말라고 말하고는 베란다로 가서 화분을 내려놓았다.

두 사람은 함께 라면을 끓여 먹었다. 판조는 불을 다루는 일엔 영 소질이 없었으므로 끓이는 건 순임이 하고 설거지는 판조가 했다. 판조는 라면 물 맞추는 일도 서툴렀는데 그냥 계량컵으로 라면 봉지에 쓰인 대로 해도 완성하고 나면 늘 싱겁거나 짰다. 도대체 뭐가 문제인지 설명서를 봐도 나아지는 게 없다니, 이렇게 멍청해서야 이 험한 세상을 어떻게 살 수 있을까, 제대로 된 라면도 못 먹고, 판조가 젓가락질을 하면서 그렇게 신세 한탄을 하면 순임은 사람을 부려먹으려고 별소리를 다 한다고 타박을 주었다.

"먹고 병원 갈 거야?"

"좀 괜찮은 것 같은데."

"밤 되면 또 아플걸."

"가는 게 낫겠지?"

"그걸 말이라고. 디스크 터진 거 아냐? 그거 무서운 병이더라. 심하면 마비도 온대. 수술은 신중히 결정해야 한대. 해도 또 재발하고 그런다더라. 너무 아프면 수술하는 게 좋을지도 모른대. 심심하면 같이 갈까?"

판조는 고개를 저었다.

"뭣 하러."

순임도 두 번 권하지 않았다. 먼저 식사를 마치고는 분갈이를 시작했다. 새 화분을 들고 베란다로 나가면서 여기 쏟아졌던 흙을 다 어쨌냐며, 혹시 버린 거냐며 잠깐 언성이 높아질 뻔했지만 판조가 미처 내다 버리지 못한, 깨진 화분과 흙을 담아두었던 봉투를 가져다주어 문제는 해결되었다.

판조는 라면을 다 먹고 설거지를 끝낸 다음 병원이나 가려고 집을 나섰다. 하지만 병원은 가지 않았다. 병원 근처까지 좀 걷다 보니 허리가 전혀 아프질 않았다. 생각해보니 한가롭게 걷는 것도 꽤 오랜만이었다. 집을 나설 때는 회사나 식당, 마트, 병원, 약속 장소 같은 어디론가 가야만 하는 목적지가 있었고 집에서 조금만 멀어져도 차를 탔다. 오늘도 갈 데가 있어 나왔지만 그곳을 가지 않기로 작정하고 설렁설렁 걷다 보니 애초에 이러려고 나왔다는 생각이 들었다. 하루에 한 번씩 나와서 이렇게 걸어야겠다는 생각도 했다. 집 근처에 걸을 만한 공원이 없는 것이 영 아쉬웠지만 근처 초등학교 운동장에서 걷거나 달리거나 줄넘기를 하거나 배드민턴을 치는 사람들도 종종 보아왔다. 그 무리에 합류하는 것도 나쁘지 않을 것이다. 아니면 아예 이렇게 골목골목을 돌아다니는 것도 괜찮았다. 오래 살아온 동네인데 한 번도 걸어보지 못한 길을 걷는다는 새로운 기분도 느꼈다.

판조가 집에 도착했을 때 거실에서 청소기를 돌리고 있던 순임이 청소기를 끄고는 물었다.

"병원 안 갔어?"

"어?"

"카드 안 썼던데."

"아, 현금 있어서 현금 냈어."

"병원에선 뭐래?"

"물리치료하고 올바른 자세, 적당한 운동."

순임은 고개를 끄덕이고는 다시 청소기를 켰다.

밤이 되자 판조는 고통을 호소하기 시작했다. 으으으 하고, 옆에 누운 사람이라면 모를 수 없을 소리를 내면서 허리를 비틀었기 때문에 순임도 잠에서 깨어났다. 판조의 허리에 손을 갖다 대며 순임이 말했다.

"많이 아파? 도대체 어디가 어떻게 아픈 거야? 수술해야 하는 거 아니야?"

밤새 혼자 끙끙대던 판조는 다정하게 말을 거는 순임 때문에 눈물이 날 것 같았다. 하지만 판조는 별로 울어본 적이 없어서 그게 눈물이 날 것 같은 기분인지 잘 몰랐다. 순임은 손바닥으로 판조의 등허리를 몇 차례 쓸어주었다. 판조는 순임이 쓸어내리는 대로 가만히 허리를 맡기고 있다가 괜스레 짜증을 내며 이제 그만두라고 순임의 손을 물리쳤다. 순임은 별다른 말 없이 그만두었다. 판조는 침대 매트리스 때문에 더 아픈 것 같아 거실에 나가 자겠다며 이불을 들고 밖으로 나갔다.

그날 밤 순임이 잠에서 깬 것은 아무런 소리가 들리지 않아서였다. 허리가 아프다고 소문내듯 으, 으, 하던 판조의 신음 소리가 없었다. 순임은 잠에서 깨어서야 그 사실을 깨달았다. 자신의 잠을 방해하는 것이 무엇도 없다는 사실에 불현듯 놀랐다. 하필이면 그런 게 신경 쓰여 다시 잠들지 못한 순임은 물을 마시기 위해 방에서 나왔다. 순임은 아마도 거실에 자신의 잠을 방해해왔던 것들이 있을 거라고 생각했지만, 거실 바닥에도 흐트러진 이불만 있을 뿐 한숨도 탄식도 신음도 없었다. 물론 판조도 없었다. 밖에 나갔을 것 같진 않았다. 무슨 심각한 일이 아니고서야 새벽 3시에 집 밖으로 나갈 이유가 없다. 너무 아파 병원을 가야겠다고 마음먹었다면 틀림없이 순임을 깨웠을 것이다. 집 어딘가에 판조가 있을 거라는 확신이 들었다. 하지만 있어야 할 거실에도, 갈 확률이 높은 부엌이나 화장실에도 판조는 없었다. 서재도 들여다보았으나 판조는 없었다. 베란다에 나가볼 생각은 하지 않았는데 거기에서 뭔가 소리가 났다. 순간 자신의 집을 헤집어놨던 도둑이 떠올랐다. 잠이 확 깨는 기분이었다. 그러나 곧바로 훔칠 게 하나도 없는 이런 집에 다시 오지는 않을 것이라는 데 생각이 미쳐 순임은 거실을 가로질러 가서 베란다 문을 열었다.

"당신이야? 거기 있어?"

순임은 베란다 구석의 어둠을 향해 시선을 고정하며 조심스레 물었다. 어둡고 탁해 앞을 분간할 수 없었다. 창밖의 가로등 불빛이 베란다 쪽으로 희미하게 드리워졌지만 그 구석까지 닿지 않아 그곳은 더 어둡게만 보였다. 하룻밤을 방치하고 분갈이를 했던 탓인지 군자란은 시들해 보였다. 한참이나 돌아오는 대답이 없었다. 그 침묵이 두려워져 순임은 뒷걸음질 치고 싶어졌다. 그러나 다시 한 발 다가갔다. 거기에 무언가 있는 것이 분명했고 확인을 해야만 했다. 하지만 구석에는 아무도 없었다. 그림자뿐이었다.

아무런 기대도 없이 혜주의 방문 손잡이를 돌렸을 때 순임은 그 문이 열린다는 사실에 깜짝 놀랐다. 그리고 방이 텅 비어 있어서 더 놀랐다. 혜주의 방에는 완전히 아무것도 없었다. 그곳이야말로 그림자뿐이었다. 순임은 자신이 잠이 덜 깨 헛것을 보는 게 아닌지 찌푸린 눈으로 인상을 쓰고 방을 들여다보다가 불을 켰다. 형광등 불빛에 방이 환해지자 모든 것이 다 사라졌다는 점이 더 확실해졌다. 침대가 있던 자리, 책상이 있던 자리, 옷장이 있던 자리의 장판이 눌린 자국이 보였다. 열린 창문으로 커튼을 흔들며 바람이 마구 들어왔다. 순임은 창문 앞으로 다가가 밖을 내다보았다. 어쩌면 밖에 자기를 깜짝 놀라게 할, 혜주의 방이 텅 비게 된 이유가 무엇인지를 밝혀줄 뭔가가 있을지도 모른다고 기대했다. 하지만 창밖에는 어둠뿐이었다. 늦은 귀가인지 이른 출타인지 모를 차들의 소음이 가로등 불빛을 뚫고 들려올 뿐이었다. 순임은 창문을 닫고 방을 빠져나왔다. 물론 불을 끄는 것도 잊지 않았다. 창문을 닫은 다음에도 커튼은 잔잔히 흔들렸다.

그 방을 채우고 있던 것들이 모두 어디로 사라져버렸는지 순임은 알지 못했다. 순임은 혜주에게 이 모든 일을 어떻게 설명해야 좋을지 몰라 곤란해하다가 깨졌던 화분을 떠올리고 안도했다. 그래, 모든 게 도둑 때문이지. 순임은 하품을 하고 다시 잠자리에 들었다. 잠결에 판조의 신음을 듣고는 또 안도하여 깊은 잠에 빠졌다.

출생

잠에서 깨어나 보니 배꼽이 하나였다. 그러니 또 어느 날
은 배꼽이 두 개라고 해도 또 세 개라고 해도 놀라지 말자
고 다짐했다.

그다음 날에는 우려했던 대로 정말 배꼽이 두 개였다. 비
몽사몽 샤워를 하다가 그 사실을 알아차렸다. 나는 아내에
게 말해야 하나 말아야 하나 잠깐 망설였다. 비밀이라곤 없
어야지 생각했지만 모든 것을 낱낱이 다 말할 수도 없는
노릇이었다. 식탁에 마주 앉은 아내가 사과 반쪽을 씹어 먹
다가 문득 생각났다는 듯 말했다.

"참, 자기 어젯밤에 이를 갈더라."

아내가 사과를 씹는 소리가 아삭아삭 귀엽게 들렸다. 작고 가지런한 이로 씹어서일까. 사과를 씹는 소리마저도 단정하고 고왔다.

"내가?"

"응. 원한 있는 사람처럼 아주 빠득빠득 갈던데? 치과에 가봐야겠어."

"정말이야? 내가 이를 갈았다고?"

나는 살면서 한 번도 이를 갈아본 적이 없었기 때문에 아내의 말이 쉽사리 믿어지지가 않았다.

"몰랐어? 가끔 갈아. 어제는 좀 심하더라고."

"몰랐어. 왜 한 번도 얘기 안 했어?"

"그동안은 좀 귀여운 수준이었는데 어젠 못 참겠더라고."

"그래도 참아줄 거지? 이를 좀 갈아도 말이야."

아내는 내 간곡한 호소에 사과를 씹는 일을 멈추더니 한참 웃었다. 치과에 갈지 말지에 대해 이야기하느라 배꼽이 두 개인 일은 그만 잊고 말았다. 배꼽이 두 개인 것은 아무래도 이를 가는 일에 비하면 한가한 소리에 불과했다. 아내는 참을 수 없는 지경이 되기 전에 얼른 치과에 다녀오라고 했다.

치과에서는 내가 밤에 물고 잘 마우스피스를 처방해주었다.

"이제 밤마다 이걸 물고 자래."

"답답하진 않겠어?"

"이를 가는 것보단 낫겠지."

다음 날에는 배꼽이 세 개였다. 전날 밤에는 이를 갈지 않았다고 했다. 마우스피스 덕분이었다. 다행이라는 생각에 배꼽이 세 개인 것에 대해서는 잊고 말았다. 배꼽이 네 개인 아침에 더는 미룰 수 없다고 생각해 아내에게 사실을 고했다. 아내는 그럴 수도 있지,라고 대수롭지 않아 했다. 아내에게 가장 마음에 드는 것을 골라달라고 했다. 아내는 길고 짧고 툭 튀어나온 것 대신 별 특징 없는 것을 골랐다. 배꼽이 다섯 개인 날은 없었다. 여섯 개인 밤에 아내는 내 곁에 누워 새로 생긴 배꼽을 넷째 손가락으로 살살 쑤시다가 가만히 속삭였다. "자꾸 이러면 곤란한데." 그 말대로 며칠 뒤에는 배꼽으로 배가 뒤덮여 나는 다짐도 잊은 채 놀라고 말았다. 그 모든 배꼽 중에 진짜 배꼽이 단 하나일 수는 없었다. 모두 내 것이었고 샤워를 한 다음엔 물기를 잘 닦아주어야만 했다. 배꼽이 필요하기는 했지만 그렇게 많이는 아니었다. 마침내 어느 아침에는 배꼽이 모두 사라져 매끈해진 배를 쓰다듬을 수 있게 되었다. "상관없잖아. 배꼽으로 뭘 하는 것도 아닌데." 아내의 위로에도 나는 여태 배꼽으로 숨을 쉰 사람처럼 질식할 것 같았다. 다음 날에는 아내도 사라졌다. 마치 내가 여태 아내로 살았던 것처럼 나 역시 사라진 기분이었다. 그런데도 나는 사라지지 않고 남아서 아내를 기다렸다. 앞으로 또 무슨 일이 일어나도 놀라지 않을 작정이었지만 또 누가 알겠는가.

며칠 뒤 나는 하나뿐인 배꼽을 발견하고 완전히 놀라버렸다. 다시 나타난 아내는 그런 나를 가리키며 배꼽을 잡고 깔깔거렸다. 내가 울적해하자 아내는 찔끔 나온 눈물을 닦고서 배꼽이 하나뿐이어도 나를 영원히 사랑하겠다고 말했다. 아내의 농담들은 나를 점점 더 좋게 해주었다. 아닐리가 없었다.

알맞은 봄날에 아내와 나는 한가로운 해변으로 소풍을 가서 배를 내놓고 나란히 누워 남은 배꼽에 볕을 쬐어주었다. 갈수록 축축해지는 손바닥만큼 다시 태어나는 기분이 들었고 아내는 다음 봄까지 원 없이 누워만 있자고 했다.

꿈에서 꿈으로

우리는 해변에서 죽은 나무들을 주워 모았다. 도착했을 때는 이미 밤이어서 모닥불이라도 피워보고자 한 것이다. 메마른 나뭇가지들을 모아 품에 안고 모였지만 아무도 불이 없었다. 담배를 피웠다면 라이터라도 있었을 텐데.

"왜 아무도 담배를 안 피워."

"몸에 해롭다잖아."

"그렇게 순순히 살지 좀 마."

그 말에 화들짝 놀라 잠에서 깼다. 너무 순순히 살았나? 곰곰이 꿈을 되짚어보니 죽은 나무를 소중히 품에 안고 모인 사람들 중에 내 얼굴은 보이지 않았다. 아무래도 거기에 나는 없었던 것 같다. 아니, 있긴 했는데 사람은 아니었던 건지도. 게다가 나는 한결같이 담배를 피웠으니까 불을 찾지 못해 허둥대는 일도 없었을 거다. 그럼 나는 무엇을 통해 그 풍경을 보고 있었던 걸까? 내가 포함되어 있지 않은 무리를 우리라고 부르는 것은 말이 안 되는 일이지만 그래도 그 무리를 지켜보는 일은 꿈속의 내게 대단한 소속감을 느끼게 해주었으므로 나는 그들을 우리라고 생각하기로 했다. 게다가 모두 내 친구들이었다. 이제는 연락을 하지 않는 사이가 된 친구도 있었지만 한때는 정말 가까웠던 사이였다. 싸우고 나서 절연한 것이 아니고 각자 사는 게 바빠 서서히 연락이 뜸해진 것에 불과했기에 언제든 다시 안부를 물을 수 있다고도 생각했다.

머리맡의 휴대폰을 가져와 시간을 확인해보니 알람이 울리기까지는 아직 한 시간이나 더 남아 있었다. 방음이 잘 되지 않는 원룸에서는 옆집에서 요란하게 아침을 준비하는 소리가 고스란히 다 들렸다. 내 알람보다 한 시간 먼저 울리는 알람 소리와 화장실에서 나는 물소리가 꿈속에서 나는 소리처럼 멀게, 그러나 아주 현실적으로 들려온다. 어쩌면 내가 잠에서 깬 것도 꿈속 말에 놀랐기 때문이 아니라 옆집 알람 소리 때문일지도 몰랐다. 다시 잠들려고 했지만 잠이 오지 않았다. 일찌감치 일어나 출근 준비를 해도 좋았을 텐데 간밤의 꿈을 떠올리면서 발가락을 꼼지락거리며 계속 침대에 누워 있다가 꿈속에 등장했던 사람 중 한 명인 수오에게 메시지를 보냈다.

—어젯밤 꿈에 니가 나왔어.

수오는 아직 꿈속인지 너무 바쁜 건지 오전 내 답이 없었다. 점심쯤에 겨우 '주말에 영화 보러 가자. 마치고 전화할게'라는 메시지를 보냈을 뿐이었다.

며칠 뒤에 또 그 꿈을 꿨다. 이번에는 내가 사람이었다! 나는 우리를 만날 생각에 즐거운 마음으로 버스에서 내려 해변을 향해 걸어갔다. 달리다시피 했다. 모래사장에서는 발이 푹푹 파묻혀 달리기가 쉽지 않았지만 곧 우리를 만날 생각에 들떴다. 멀리 어둠 속에서 붉고 노란 불길이 피어오르고 있었다. 점점 가까워지고 커지는 모닥불 주변에는 이미 우리가 모여 앉아 있었다. 별로 춥지 않은 늦여름밤이었는데 모두들 흐뭇한 표정으로 불을 쬐고 있었다. 남빛 바다에서는 파도가 도착했다가 다시 떠나가는 소리가 들렸고. 멀리 배가 총총 떠 있고 달은 보이지 않았다.

"어떻게 했어?"

내가 물으니까 우리가 대답했다.

"안 보고 뭐 했어?"

왜인지 심통이 난 우리는 어떻게 불을 붙였는지 알려주지 않았고 나 역시도 더 묻는 대신 그냥 그 옆에 철퍼덕 주저앉았다. 모래가 무너지며 내 엉덩이에 딱 맞는 자리를 만들어주었다. 아마 어디선가 빌리지 않았을까. 같은 해변에 있는 모르는 사람에게 가서 저기요, 불 좀 빌립시다, 했을 것이다. 주위를 둘러봐도 우리 아닌 사람은 보이지 않았지만 조금 전까지는 어땠을지 모를 일이었다. 어쩌면 내가 빌려줬을지도 모른다. 내가 아직 꿈에 도착하기 전이었다고 해도 도착하기 전의 내가 거기에 있었을지도 모를 일이니까. 불을 빌려준 건 나였을 거라는 생각이 마음에 들었다.

아침에 또 수오에게 메시지를 보냈다.
―똑같은 꿈을 이어서 꿔본 적 있어?
이번에도 수오는 답이 늦었다. 어제저녁에 통화를 하지도 못해서 어떤 꿈이었는지 말해주지 못했는데. 아무래도 일이 너무 바빴겠거니 싶었다.
수오는 자신이 다니는 회사가 크게 성공할 거라 믿고 거기에 열과 성을 다하고 있었다. 수오가 직접 차린 회사거나 가족이 하는 회사인가 싶을 정도였다. 수오는 창업 멤버였고 일이 잘 풀리면 얼마간 지분을 받는 것으로 계약을 해서 초반에는 거의 월급도 받지 못했다. 이제 2년째에 접어들었는데 기대했던 꿈같은 일은 아직 일어나지 않았지만 그래도 어느 정도 일에 익숙해졌고 회사도 제법 안정적으로 자리를 잡아가고 있었다. 무엇보다 수오는 그 일을 좋아했다. 그래도 너무 열심히 하지는 마. 새벽까지 일을 하는 수오에게 그런 주제넘는 말을 하기도 했다.

그날 밤 막 잠이 들었을 때 수오에게서 메시지가 왔다.

―미안해. 너무 바빠서 연락한다는 걸 깜빡했어.

나는 바쁜 일이 다 지나가면 그때 연락해도 된다고 말해야지 생각했는데 그 문자를 보내지 못하고 다시 잠들어버렸다. 섭섭한 마음이 아예 없지야 않았지만 수오는 내게 미안하구나, 그렇게 생각하면 괜찮아졌다. 너무 미안해하지는 말아야 할 텐데.

다음 꿈에서 나는 이젯밤에 빌려준 불을 돌려받고 싶어 했다. 그건 내가 빌려준 불이 맞았구나. 불은 어떻게 돌려받을 수 있을까. 우리가 먼저 불을 돌려주러 왔다고 해도 내가 당장 불을 필요로 하지 않는다면. 라이터를 딸칵, 하고 켜서 만든 그 한 번의 불, 내가 빌려주었던 만큼의 불을 손바닥으로 받아서 호주머니에 넣어둘 수도 없고. 아니지, 안 될 건 뭐람. 나는 그렇게 불을 돌려받기로 했다.

"혹시 지금 불을 돌려줄 수 있을까."

“문제없지.”

우리가 돌려준 불을 나는 호주머니에 잘 넣어두었다. 불룩해진 호주머니가 계속 뜨끈뜨끈해서 마음이 든든했다. 우리는 밤새도록 모닥불을 보며 앉아 있으려고 했는데 밤을 다 보내기도 전에 바람이 불어 모닥불을 꺼뜨려버렸다.

“다시 피울 거야?”

“그래.”

“어째서?”

“아무래도 어두우니까.”

“빌려줄까?”

불을 돌려받아두어서 다행이지. 나는 호주머니에서 불을 꺼내 우리에게 주었다. 필요한 때에 그렇게 빌리고 빌려주며 계속 말을 주고받고 싶을 뿐인지도 몰랐다.

“불이 잘 안 붙는데.”

“그거 알아? 나무마다 발화점이 다르기 때문에…….”

“아, 붙었다.”

“아…….”

“고마워. 전부 다 네 덕분이야.”

그런 말들은 작별 인사 같아서 미루고 싶었는데 우리는 고맙다는 말을 미룰 수야 없다는 듯이 서둘러 그 말을 해버렸다. 우리는 다시 불 앞에 모여 웅크렸고 나도 뻔뻔하게 우리와 함께 앉았다. 나는 불길에 붉게 달아오른 얼굴을 한 우리를 바라보았다. 불을 들여다보는 우리, 불 속으로 자꾸 모래를 던지는 우리, 그러지 말라고 우리의 어깨를 치는 우리, 모래 속으로 자꾸 발을 파묻는 우리, 나를 흘겨보는 우리도 있었다.

“쟨 누구야.”

우리가 묻기에 나는 자리에서 일어나 엉덩이에 묻은 모래를 털고 나는…… 하고 내가 누구인지 긴 자기소개를 했다. 한 번도 그 일을 하는 걸 좋아해본 적이 없었는데 이번에는 어쩐지 잘해내고 싶었다. 잘하려고 할수록 도무지 짧게 요약되지 않아 나는 나를 소개하는 말들 속에서 한참 헤맸다. 모닥불에 달아오른 붉은 얼굴들이 반짝이는 검은 동자로 나를 올려다보며 내 이야기를 들었다. 나는 지난번 꿈에서 다시 이곳으로 또 왔어. 맨 처음 꿈에서는 아직 사람이 아니었는데 두 번째부터는 분명히 사람이야. 우리 중 누구도 그 소개를 이해하는 것 같지는 않았고 나도 이해를 바라지는 않았다. 그런 건 너무 치명적이니까.

"그래, 이제 알았으니까 그만 거기에 앉아."

우리는 조금씩 옆으로 당겨 앉아서 내가 앉을 자리를 다시 정해주었다. 나는 우리가 만들어준 그 빈 공간에 다시 앉았다. 그리고 불을 들여다보고 불 속으로 모래를 던지다가 내 옆의 우리가 만류한 다음에야 부끄러워 모래 속으로 발을 파묻었다. 누가 우리와 나를 보고 있지는 않을까 했는데 아무도 없었다. 다들 멀리 있구나 생각하니까 날이 밝기 전에는 나도 우리를 떠나 멀리 가고 싶어졌다.

잠에서 깬 것은 전화벨 소리 때문이었다. 눈을 찡그려 발신자를 확인해보니 수오였다.

"웬일이야, 아침부터."

서둘러 전화를 받았으나 몸을 일으킬 정신도 눈을 뜰 힘도 없었기에 옆으로 누운 채 그저 휴대폰을 뺨 위에 올려놓았다.

"지금 너희 집으로 가도 돼?"

토요일 아침이었고 나는 그런 갑작스러운 방문이 썩 달갑지 않았지만 그래도 수오의 부탁이니까 모른 척할 수가 없어서 그러라고 했다. 초인종 소리가 울렸을 때 나는 세수를 하던 중이었는데 문 앞의 사람은 도무지 기다릴 수 없다는 듯 연거푸 벨을 눌러댔다. 나는 수건으로 얼굴을 닦지도 못하고 현관으로 달려 나가 문을 열어주었다.

"진짜 못 해먹겠어!"

수오는 화가 난 듯 소리를 지르며 안으로 들어왔다. 신발을 벗으면서는 머리를 벅벅 긁었다.

"나 샤워 좀 할게."

나는 겨우 세수만 했을 뿐 제대로 씻지 못했지만 수오에게 양보했다. 수오가 씻고 있을 때 누가 또 찾아왔다. 이번에는 올 사람이 없었기에 나는 조심스럽게 누구세요? 하고 물어보았다.

“옆집이에요.”

“무슨 일이세요?”

“주말 아침인데 너무 시끄럽네요. 조금만 조용히 해주세요.”

“아, 네네. 알겠어요.”

수오가 한참이나 야단법석을 떤 것도 아니고 외마디 비명을 지른 것뿐인데 조금 야박하다는 생각이 들었지만 일단은 알겠다고 말하고 돌려보냈다. 수오가 입을 옷을 챙기다가 문득 어젯밤 꿈속에서 모닥불을 향해 모래를 던지던 사람이 수오였다는 사실이 떠올랐다. 무슨 생각으로 그랬을까. 수오에게 물어볼까 싶었는데 생각해보니 그건 내 꿈이니 수오가 그 이유를 알 길이 없었다. 게다가 별다른 이유가 있을 것 같지도 않았다.

물소리가 그쳤을 때 화장실 문을 두드리고 말했다.

“수오! 갈아입을 옷은 문 앞에 뒀어. 수건은 수납장에 새 거 있어.”

“고마워!”

수오는 손만 쑥 내밀어서는 옷을 가져갔고 한참 이어지던 드라이기 소리가 뚝 끊긴 다음에도 꽤 오래 잠잠했다. 한참 만에 수오가 머리를 탈탈 털면서 나오며 길게 한숨을 내쉬었다.

"도대체 무슨 일이야?"

"회사가 문을 닫을 것 같아."

"뭐? 그럼 넌 어떡해. 지금 사는 데도 회사 거잖아."

"당장 내쫓지는 않겠대. 그래봤자 두세 달이겠지."

"아, 너무 갑작스럽다. 당장 집부터 구해야겠네."

"아주 갑자기는 아냐. 아무한테도 말은 안 했지만 징조가 없진 않았거든. 이제 난 그냥 고향에 돌아갈까 생각 중이야."

"거기선 할 일이 없어서 서울에 온 거잖아."

수오와 나는 모두 부산이 고향이었다. 우리는 스물에 서울에서 처음 만났다. 그해 여름에는 함께 고향에 가서 아르바이트를 했다. 첫 월급을 받았을 때 우리는 돈을 모아 거제도로 여행을 갔다. 서로의 고향 친구들도 함께 가서 서로에게 서로를 소개해주었다. 펜션에 가서 다 같이 고기를 구워 먹고 저녁에는 캔맥주를 하나씩 들고 바닷가에 우르르 몰려갔다. 모닥불을 피우지도 않았고 해변에 우리만 있던 것도 아니었지만 어쩌면 요즘 내가 계속 꾸는 꿈의 정체는 그 밤의 기억인 것만 같다.

"아예 없지는 않잖아. 서울에서 방세 내고 사나 거기서 적게 버나 마찬가지야."

나는 그런 격차가 점점 쌓여 미래를 만든다고 말하려다가 그만두었다. 그건 오래전에 대학을 졸업하고 부산으로 돌아갈까 고민할 때 수오가 한 말이었다. 당장은 연봉 몇백 줄어든다는 생각뿐이겠지만 격차는 점점 더 벌어지고 나중에는 도무지 좁힐 수가 없게 된다고.

"완전 마음을 굳힌 거야?"

"거의. 90퍼센트 정도는."

"남은 10퍼센트는 왜?"

"그야 너 때문이지."

수오는 화장대 앞에 앉아 로션을 바르며 그렇게 말했다.

인생의 큰 갈림길에서 10퍼센트 정도는 정말 큰 지분이었
다. 지난 10여 년간 우리는 정말 가까웠다. 고민이 있으면
가장 먼저 나누는 사이기도 했다. 물론 심하게 다툰 적도
있다. 석 달 정도 연락을 아예 하지 않은 적도 있었다. 그때
싸웠던 이유가 뭐였더라.

"너 혹시 기억나? 거의 10년 전이다. 우리 스무 살에 거
제도 갔던 거."

"응, 기억나."

"그때 펜션 사장이 은혜네 고모였잖아. 좀 재밌는 사
람이었어. 10년 뒤의 나에게 편지를 쓰면 고모가 잘 갖고
있다가 보내주겠다고 했었어. 그게 얼마 전에 집에 왔더
라고."

"뭐? 난 안 왔는데."

"그야 넌 안 썼으니까. 넌 10년 뒤의 너에게 아무 말도 안
하고 싶다고 했어."

"그랬었나. 잘 기억이 안 나."

"너 완전 취해 있었거든."

"윽. 그랬던 것 같기도 하고. 넌 뭐라고 썼었는데?"

"다 쓰고 너한테도 보여줬었는데 역시 너무 취했어서 기억이 안 나나 보네."

"그러게. 하나도 안 나네."

"다행이야."

"왜, 뭐라고 썼었길래."

수오는 끝내 그날 자신이 쓴 편지의 내용에 대해서는 구체적으로 이야기하지 않았다. 다만 모든 것이 견디기 힘들 정도로 부끄럽다는 듯 양손에 얼굴을 파묻었다.

"넌 10년 전의 나에 대해 짐작도 못 할 거야."

그날의 세세한 내용이 잘 기억나지는 않는다고 해도 10년 전의 수오가 어떤 사람이었는지를 떠올리는 건 어려운 일이 아니었다. 그날 이후로 거의 매일, 매주 만났으니까. 아니, 그렇기 때문에 오히려 어려운 일인가. 수오는 매일같이 조금씩 변했을 텐데. 새로운 나날이 덧씌워지며 새로운 견해도 쌓였을 텐데. 그러면서 점점 더 다른 사람이 되었을 텐데. 매일매일의 변화는 미미한 것이라서 눈치채지 못하는 걸까. 어제와 오늘은 별 변화 없음. 오늘과 내일도 거의 변화 없음. 내일과 모레도…… 그런 식으로 10년이 쌓여 별 변화가 없다고만 생각했는데 누군가 수오를 10년 만에 만난다면 첫인사로 너 진짜 많이 변했다!라고 할지도 몰랐다.

"왜 짐작을 못 해. 넌 진짜 웃기는 애였어."

"그때 내가 품고 있던 생각들 말이야. 지금 생각해보면 어쩜 그렇게 순진했나 싶어."

수오는 면봉으로 젖은 귓바퀴를 닦으면서 웃으며 말했다. 나는 편지의 내용에 대해 좀 더 캐물어보려다가 포기했다. 포기하고 나니 그날 해변에 있던 친구들의 안부가 궁금해졌다.

"다들 잘 지내려나?"

"연락해?"

"안 하지. 너는?"

"인스타에 좋아요는 눌러. 은혜는 애가 벌써 초등학교에 들어간대. 10년 전엔 절대 결혼 안 할 거라고 했었잖아. 영

주야말로 결혼 안 할 거 같아. 혼자 사는 게 속 편한가 봐. 지수 임용 된 거는 들었어? 오래 고생했잖아. 잘됐지 뭐. 내가 제일 걱정이야. 공부한답시고 아직도 학교 다니면서 돈만 축내고 있잖아."

옆방에서 크게 음악을 틀어놓은 소리가 웅웅 울리며 들렸다.

"여기 방음 진짜 안 된다."

"요즘 원룸이 다 이렇지 뭐. 우리 지금 한번 애들한테 연락해볼까?"

수오는 고개를 저었다.

"잘들 살겠지 뭐."

우리는 모닥불 앞에 모여 앉아 오랫동안 아무런 말이 없다. 그저 불을 들여다보기만 한다. 거기에 뭔가 보이는 것이라도 있다는 듯 꿈속의 우리는 불을 쬔다. 딱히 무엇을 하지는 않고 불을 바라보며 불 주위에 모여 있을 뿐이다. 불빛에 번들거리는 얼굴들은 모두 다른 꿈을 꾸는 것 같

다. 무슨 꿈을 꾸고 있어? 내 오른편에 앉은 우리에게 물으니 길고 긴 꿈 이야기를 들려준다. 이야기를 들려주는 그의 동공이 크게 열려 그걸 오래 들여다보면 그 꿈을 함께 볼 수 있을 것만 같다. 꿈에서 그는 아흔아홉 살이라고 한다. 여전히 건강하고 씩씩해서 혼자서도 먼바다까지 헤엄칠 수 있었다. 그런데도 그가 아흔아홉이라는 이유로 바다 수영이 금지되어 그는 자신의 작은 방에 바다를 만들어두었다. 그는 아침 해가 뜨기 전에 자신의 바다로 뛰어들어 해가 떠오를 때까지 헤엄을 쳤다. 그 옆의 우리는 사막을 걷고 있었다. 사실 사막은 아니고 서울 한복판이었는데 어느 날에 모든 세상이 모래에 뒤덮여 어딜 가도 끝없는 사막뿐이었다. 다행히 우리는 모래에 대한 부력이 있어 모래에 파묻히지 않고 떠오를 수 있었다. 그 사막은 바다처럼 파도가 쳤다. 우리는 모래가 밀려오고 또 밀려가는 일에 몸을 맡긴 채 모래가 솟았다가 또 무너지는 소리를 들었다. 또 다른 우리는 불을 옮기는 일을 한다. 꿈속의 나처럼 불을 가지고 다니다가 필요한 곳에 불을 붙인다. 불길을 잃은 사람의 심장에 불을 붙여줄 때도 있다. 그럴 때는 조마조마하다. 다른 사람의 삶에 깊숙이 관여하는 일이고 모든 걸 그르치게 될까 봐. 매 순간 최선을 다할 뿐이다.

나는 그 꿈들에 한 번씩 찾아가보고 싶다는 생각을 한다. 하지만 방법을 알지 못해 내 꿈속에 있는 불을 바라볼 뿐이다. 내 꿈속에서도 파도는 밀려왔다. 파도 소리는 그치는 법이 없었는데 나 역시도 밀려드는 생각을 그칠 수가 없었다. 대부분 치명적인 데라곤 없는 생각이었지만 무엇보다도 끝이 없다는 게 치명적이었다. 끝없이 밀려오는 상념들 잡념들 불안들 때문에 나는 손을 덜덜 떨었다. 옆에 있던 우리가 내 손을 잡아끌어 불 속에 넣어주었다. 손이 타들어가면 어쩌나 걱정했는데 그런 일은 일어나지 않았고 손끝에서부터 열이 차오르며 점점 떨림이 멎었다. 우리는 차례로 불 속에 손을 넣었다가 발을 넣었다가 머리를 넣었다가 하며 불안을 잠재웠다. 새벽이 올 때까지 계속 그럴 것만 같았는데 그 전에 먼저 장작이 다 타버렸고 우리도 모두 떠나기로 했다. 딱히 우리를 붙잡는 이도 없어서 그런 결심은 방해를 받지 못했다. 아쉬운 마음에 오랫동안 모래를 터는 우리의 옷자락을 이쪽으로 잡아끌어야 했다.

그것이 꿈의 전부라고는 믿지 않는데 기억나는 건 거기까지였다.

"잘들 살겠지?"

수오는 고개를 끄덕였다. 우리가 할 수 있는 일은 그 애들이 잘 있다고 믿는 것뿐이라는 듯 다짐하듯 끄덕였다.

그날 이후 수오는 정말로 고향으로 돌아갈 준비를 차근차근 해나갔다. 나는 한동안은 그 꿈을 꾸지 않았는데 그래서 더 그 해변이 그리웠다. 해변에서 불을 쬐고 싶어서 꿈으로 들어가기를 바라고 있었다.

마침내 수오가 고향으로 가기 전날 밤에 다시 또 천천히 우리가 앉아 있는 해변을 향해 걸어가는 꿈을 꾸었다. 불길은 이제 모닥불이라고 하기엔 너무나도 거대해져 멀리서도 한눈에 보였다. 가까이 다가가 보니 불길 주위에 모여 있던 우리는 아무도 없었다. 하지만 계속해서 불에게 나무를 공급해주었을 것이다. 그렇지 않고서야 이렇게 불길이 거대해질 리가 없었다. 나 역시도 거대한 불길에게 나무 한 토막을 던져주었다. 불을 꺼뜨려서는 안 된다는 듯 안간힘으로. 그리고 다음 밤, 또 다음 밤에도 우리는 해변을 전전하며 죽은 나무들을 모으고 있다.

지금의 날씨

한솔은 자신이 양배추를 좋아한다는 사실을 알고 있었다. 어쩌면 자기 자신에 대해 확신할 수 있는 점은 그것뿐인지도 몰랐다. 그 밖의 것에 대해서는 늘 융통성을 발휘할 수 있었다. 좋거나, 때로 나쁘거나 했다. 그래서 대학 동기인 미영이 한솔에게 네 인스타그램 계정 봤어, 글 몇 개 보니까 딱 너라는 거 알겠더라 하고 카톡을 보냈을 때 조금 당혹스러운 기분이었다. 인스타그램 같은 것은 하지도 않았을뿐더러 몇 줄의 문장 혹은 사진으로 '딱 너'라고 말할 어떤 면모가 자신에게 있을 거라고는 생각하지 않았기 때문이었다. 한솔은 거의 눈에 띄지 않았고 내세울 만한 장기가 있지도 않았다. 어느 모로 보나 무난한 사람이었는데 바로 그 부분에 긍지를 느낀다는 점이 그나마 특출난 구석이었다. 한솔이 미영에게 나는 인스타그램을 안 해, 말한 다음 그 계정 아이디를 물어서 들어가본 것은 미영이 자신을 어떤 사람이라 여기고 있는지 궁금해서였다.

해당 계정의 글을 몇 개 훑고 난 다음에 한솔은 미영이 자신에 대해 완전히 잘못 알고 있다는 사실을 알 수 있었다. 비슷한 점이라고는 양배추를 좋아해서 갖가지 양배추 요리법에 좋아요를 누른다는 점뿐이었다. 한솔이 아니라고 말했는데도 미영은 의심을 거두지 못하고 계속 다그쳤다.

—그거 너 아냐? 애들이 다 너라고 하던데. 나도 완전 너라고 생각했는데ㅋㅋㅋ 왜 아냐? 아닌 척하는 거 아냐?

—아니야. 진짜로 아니야.

—아무리 봐도 너 같은데.

—아니라고ㅋㅋㅋ

한솔은 미영의 말을 단박에 부정하고 싶은 마음이었고

실제로도 한 치의 거짓 없이 부정할 수 있는 내용이었으므로 마음껏 부정했다. 매사 우유부단하고 우물쭈물한 한솔이 그렇게 확신에 차 말하는 것은 실로 오랜만이었다.

—그래? 너였으면 좋았을걸.

마음껏 부정하고 난 다음에 돌아온 대답이 조금 의외여서 그 말은 계속 한솔의 뇌리에 남았다. 한솔은 어째서일까 곰곰 생각하다가 그 말에 상처를 받았기 때문이라는 사실을 알았다. 내가, 다른 사람이 아니라 바로 나라는 점에 대해 실망하는 사람이 있다니. 한솔은 그게 왜 나였으면 좋았겠다고 말한 건지 물어보았다. 미영은 아는 사람을 인스타그램에서 우연히 찾는 것도 흔한 일은 아니니 재미있지 않냐고 했다. 또 그 사람이 너무 지적이고 유머러스한 사람 같아서 내 친구가 그런 사람이면 기분이 좋았을 것 같다고 말했다. 그런 지적이고 유머러스한 면모는 너에게도 조금씩 느꼈었기 때문에 당연히 너일 거라고 믿어 의심치 않았다는 말이었다. 다른 동기들도 다 한솔이라 여긴다고 덧붙였다. 그건 다 오해였다. 한솔에게는 유머도 지성도 없었다. 누구보다 한솔 자신이 그 점을 잘 알기 때문에 완전히 들통나지 않게 늘 애썼다. 그게 효과를 발휘한 건지도 몰랐다. 한솔은 다시 그 계정에 올라온 글을 훑어보았다. 어딘가 닮은 구석이 있는 것도 같았다. 더 꼼꼼히 읽어 내려간 뒤 한솔은 그 계정의 주인이 자신과 완전히 다른 사람이지만 늘 한솔이 꿈꿨던 종류의 사람, 이상적이라고 생각했던 유형의 사람이라는 것을 알았고 다른 친구들이 그를 자신과 혼동했다는 점에 약간 짜릿한 감정마저 일었다. 왜 나는 그가 아닌 것일까, 그였으면 좋았을 텐데 한탄스러워지기까지 했다. 한솔은 잠들기 전 불을 다 끄고 침대에 누워 자신일 리 없음에도 자신으로 오해당하고 있는 사람의 글을 보며 하루 일과를 마무리하곤 했다.

그 뒤로도 몇 차례 한솔에게 그 계정의 주인이 아니냐고 묻는 동기들이 있었다. 한솔은 그때마다 아니라고 대답했다. 하지만 동기들은 여전히 한솔이 그 계정의 주인이라고 믿으며 그렇게 소문을 퍼뜨린다는 사실을 알 수 있었다. 이상한 우연들이 있었다. 한솔이 도서관에 다녀오고 나서 그

계정에 도서관 사진이 올라온다거나 학생 식당에서 밥을 먹은 날이면 꼭 식판 사진이 올라오는 식이었다. 한솔의 행동들은 그날 인스타그램에 올라올 글과 사진들에 대한 예보와도 같았다. 한솔은 자신이 굳이 그런 것을 숨길 이유가 없지 않겠냐고 대답하며 동기들의 의심을 물리치기 위해 애썼다.

하지만 사실을 바로잡기 위해 동기들의 말을 단호히 부정하면서도 자신이 어떤 인상을, 모종의 이유로 부정하지만 사실은 그 사람일 수도 있다는 어떤 뉘앙스를 풍긴다는 것 또한 잘 알았다. 한솔은 너무나도 그 사람이고 싶었다. 그 소문을 가장 믿고 싶은 사람이 바로 한솔이었다. 나는 왜 그가 아닌 걸까. 그가 가진 모든 것, 그가 처한 모든 상황, 그의 생각과 유머, 심지어 불운마저 자기 것으로 하고 싶었다. 그런 생각을 하다 보면 가끔은 한솔이 그 사람인 것처럼 여겨질 때도 있었다. 설마 정말 이 사람이 나 자신인 것은 아닐까? 말도 안 되는 헛소리였으므로 한솔은 그것을 실제로 믿지는 않았다. 하지만 종종 그런 망상에 빠져드는 일까지 막지는 않았다. 한솔은 그를 닮아갔다. 그가 읽었다는 책을 읽었다. 드라마도 보고 영화도 보고 그와 비슷한 견해를 가지려고 노력했다. 자주 간다는 카페에도 가고 그를 따라 스포츠클라이밍도 시작했다. 자신이 먼저 본 영화를 그도 비슷한 시기에 본 것을 발견할 때면 괜히 반가웠다. 그 독립영화는 재미있다는 입소문을 타 너도 나도 본 영화였으므로 안 본 사람을 찾기가 더 어려웠는데도 그랬다. 한솔은 그가 자신은 아닐지언정 자신의 소울메이트 비슷한 것이라고 생각하기에 이르렀고 잘 알지도 못하는 사람을 향해 그런 마음까지 품었다는 게 갑자기 피곤해졌다. 가장 처음 그와 자신을 동일 인물이라고 추정한 미영이 원망스러워지기도 했다. 하지만 그런 감정은 다 잠시뿐이었고 이내 다시 그의 일상을 염탐하고 그를 좇는 일에 몰두했다. 한 학기가 지난 다음에도 그 계정의 주인이 누군지는 밝혀지지 않았지만 동기들은 한솔이 그와 동일인임이 분명하다고 여겼다. 어쩔 수 없다는 듯이 한솔 역시도 종종 그렇게 생각했다.

그날은 인스타그램 주인과 한솔이 동일인이 아니라고 모두에게 밝혀진 날이었다. 한솔은 종강 총회 자리에 있었고 그는 며칠 앞서 종강을 했는지 이미 고향에 가 있었다. 그 도시에는 종일 비가 내렸다. 한솔이 있는 곳은 비가 오지 않았고 그거야말로 한솔과 그가 다른 인물이라는 증거였다. 게다가 한솔이 젓가락으로 파전을 찢고 있을 때에도 새 글이 올라온 것을 누군가 포착했다. 동기들도 이제야 알았다는 듯, 하긴 한솔인 계속 아니라고 했잖아 하면서도 어딘가 께름칙한 눈치였고 한솔은 내가 뭐랬어, 억울한 표정을 지으면서도 뭔가를 들킨 사람처럼 마음 한편이 편치 않았다.

사람들은 어떻게 이렇게 금방 자신들의 믿음을 철회할 수 있을까. 그야 명백한 증거가 눈앞에 나타났기 때문이었지만 한솔의 눈에 그 증거는 불완전해 보였다. 허술해 보였고 반박의 여지가 남아 있었다. 다른 핑계를 만들어낼 수 있었다. 한솔에게는 아직 아무것도 확실하지 않았다. 한솔은 체한 듯 어딘가 마음이 편치 않은 이유는 들켰기 때문이 아니라 그 사람이 자신이 아니었다는 사실에 충격을 받았기 때문이라는 것을 알았다. 그 사람은 정말로 한솔이 아니었다. 한솔은 자신이 사발로 막걸리를 푸는 동안 그가 비 내리는 다른 도시에 있다는 사실이 도무지 믿어지지 않아서 계속 피드를 새로고침했다. 그와 내가 완전히 다른 사람이었다니. 그래서는 안 되지 않나. 지금 자기 눈앞에 있는 이 막걸리 같은 건 다 가짜고 진짜 자신은 어느 소도시에서 비를 맞고 있는 것이 아닐까 염려스러웠다. 아무리 생각해도 그편이 더 진실에 가까운 것 같았다. 그러니까 이 모든 게 다 교묘히 조작된 것은 아닐까. 다닥다닥 당겨 앉은 이 공간의 웅성거림도, 호감의 눈길을 거두고 의심의 눈초리로 자신을 보는 사람들도, 무엇보다도 한솔 자신이 가장 미심쩍은 존재였다. 비가 오지 않고 화창해 보이는 이곳의 날씨 역시 진짜일 리가 없었다.

"어? 밖에 비 온다."

그래서 누군가 그렇게 말했을 때 퍼뜩 밖을 내다보았다. 하지만 여전히 비는 보이지 않았다. 다른 누군가가 무슨 헛

소리를 하냐는 듯 투덜거렸다.

"뭐래, 안 오잖아."

"저 사람 우산 쓰고 가는데?"

"미친놈인가 보지."

모두들 태연히 걷고 있는 틈 속에서 정말 우산을 쓰고 가는 사람이 있었다. 한솔은 그 사람이야말로 지금의 날씨에 대해 정확히 알고 있는 사람일지도 모른다는 생각이 들었다. 진실을 알고 있는 사람이 있다. 그렇게 생각하니 마음이 조금 편안해졌다. 역시 눈앞에 펼쳐진 이 날씨는 가짜였어. 모두 조작된 거야. 당연히 그런 조작은 일어나지 않았고, 일어날 수도 없었지만 한솔은 어느새 너무 간절해져서 자신이 진짜 누구인지를 잠깐 잊고 말았다.

나무 아래 악어

우리는 모두 악어가 되어간다.

인류 최후의 책의 마지막 문장이었다. 인류가 더 이상 전통적 방식의 책을 만들지 않게 된 건 누구도 책을 읽지 않아서가 아니라 더 이상 책을 만들 나무가 남아 있지 않아서였다. 나무에 대해서는 여러 가지 이야기가 전해지지만 정확히 아는 사람은 아무도 없었다. 나무. 불교용어 ‘南無’는 산스크리트어 ‘나마스^{Namas}’에서 온 것으로 우리네는 ‘나무’라 발음하는데 돌아가 의지한다는 뜻이다. 아마 그런 것이지 않겠는가, 나무라는 것은.

인류의 마지막 책은 그다지 읽을 만한 가치가 있는 것은 아니었다. 그 책이 나왔던 무렵에는 그런 유의 문장이 넘쳐 났다. 모두 괴물이 되어가고 있다거나 이상한 방향으로 진화한다거나 하는. 지금은 그 제목도 전해지지 않고, 내용에 관해서는 그저 그런 삼류소설이라고 평해지는 마지막 책이 여전히 사람들의 입에 오르내리는 건 마지막 문장 때문이었다. 시간이 흐르면 그 책의 내용은 완전히 잊히겠지만 마지막 문장만큼은 모두의 몸속으로 스며들어 절대 사라지지 않을 것이다. 우리는 악어가 되어가고 있었다.

★

"보여?"

녹색꼬리가 물었다.

"아니."

나는 머리를 문밖으로 내민 채 대답했다. 정말이지 아무 것도 보이지 않았다. 녀석은 실망했는지 길게 한숨을 내쉬었다. 좁고 길게 이어진 통로 가득 녀석의 한숨 소리가 퍼져나갔다.

문은 수십 개의 계단 위에 나 있었다. 계단은 좁고 어두컴컴했다. 한 계단 오를 때마다 복도를 따라 길게 텅— 텅— 울리는 소리는 비애감만 안겨주었다. 이왕이면 소리를 내지 않으려고 조심했지만 수십 개의 계단을 밟느라 지친 다리로는 불가능한 일이었다. 돌아가고 싶다는 생각이 들 때마다 멀리 문틈 사이로 가늘게 흘러들어 오는 빛을 바라보았다.

문에 도착했던 날, 문은 닫혀 있었다. 간신히 가장 마지막 계단을 밟고 지른 환호성이 채 끝나기도 전에 문이 굳게 닫혀 있음을 확인하고는 그곳까지 나를 안내한 녹색꼬리를 미친 듯이 두들겨 팬 기억이 난다. 녀석은 군소리 없이 맞았다. 그 힘으로 문을 두들겼다면 바로 그날 바깥을 볼 수 있었을지도 모르겠다. 문은 아주 낡아 있었고 녹슬었고 누구라도 자기를 사용해주기를 바랐다. 그런 것도 모르고 나는 내게 맞아서 곤죽이 된 녀석을 내버려두고 그대로 내려왔다. 그 뒤로 녀석이 어떤 일을 했는지는 모르겠다. 보름 뒤 멍이 채 아물지 않은 모습으로 날 찾아온 녀석은 조금 겁먹은 표정으로 '문이 열렸다'고 말했다.

★

녀석의 진짜 이름은 모른다. 그저 녹색의 꼬리를 가지고 있기에 녹색꼬리라고 부르게 되었다. 유난히 긴 녹색의 꼬리는 웃기다기보다는 조금 섬뜩한 것이었다. 알아챈 순간 숨이 턱 막히고 입이 살짝 벌어질 정도. 그래도 내색하지 않았다. 우리는 저마다의 섬뜩함을 간직한 채 태어나고 있었으니까. 내가 가진 섬뜩함은 더 이상 늙지 않는다는 것. 나는 내 나이가 몇인지 모른다. 내 동생처럼 알에서 태어나는 멍청이들도 수두룩했고 지렁이처럼 자웅동체인 건 더 흔해빠졌다. 나처럼 늙지 않는 놈들도 많을 것이다. 물론 새로 태어나는 존재가 그리 많지는 않았다. 모두들 생식을 해야만 하는 이유를 잃어버렸으니까. 때문에 나는 내가 태어날 수 있었다는 점이 조금 의아하기도 하다. 하지만 조금만 더 생각해보면 나의 어미와 아비에게 나는 꼭 필요했을 것이다. 나는 둘의 간병인이었고 보호자였고 말 잘 듣는 쥐새끼였고, 복종하는 하인, 멍청한 로봇 같은 거였다.

내가 기억하는 한 나는 줄곧 무언가를 닦으며 시간을 보냈다. 주로 닦은 건 어미와 아비. 축축한 수건으로 나를 낳아준 어미와 아비의 몸을 적셔주는 것이 내 하루 일과 중 가장 중요한 일이었다. 거의 자라고 난 다음이었으니 비교적 최근의 기억인 것도 같지만 그 기억 이후에도 아주 많은 날 동안 나는 어미와 아비의 몸을 닦았기에 아주 오래전 일처럼 여겨지기도 한다. 각화가 꽤 진행된 둘의 몸뚱어리는 기본적으로 잿빛이면서도 군데군데 검푸른 빛이 돌았고, 하루라도 닦아주지 않으면 금방 바스러질 것처럼 건조해졌기에 멈출 수 없었다. 두 사람은 좀처럼 깨어나지 않았다. 그저 숨소리만이 가느다랗게 이어지고 있었다. 두 사람은 한번 잠들어버리더니 깨어나지 못했다. 그저 잠든 채로, 두 사람은 아무런 말도 하지 않았고 늙지도 않았다. 심지어 죽지도 않았다. 그건 내가 남몰래, 나도 몰래 간직하고 있었던 유일한 희망이었는데도 말이다.

녹색꼬리는 반복되는 하루하루에 내가 거의 반 미쳐갈 때쯤 내 앞에 나타났다. 내가 발견한 것은 처음엔 꼬리뿐이었다. 꼬리는 길 위에 떨어져 있었다. 그것을 악어 꼬리라고 생각했다. 그런 질감이었다. 기분이 나빴기에, 나는 꼬리를 걷어찼다. 꼬리는 얼핏 보고 대형폐기물 봉투라고 생각했던 제 주인의 앞에 가서 떨어졌다. 그는 우리 집 앞에 쓰러져 있었다. 꼬리가 잘린 채로. 녹색꼬리의 꼬리를 자른 것은 그의 부모라고 했다. 보다 더 인간답게 해주겠다는 이유였다. 이번이 처음도 아니었다. 그러나 번번이 실패했다. 시간이 지나면 꼬리는 다시 자랐다.

"꼭…… 도마뱀 같네."

쓰러져 정신을 잃은 녹색꼬리를 우리 집 안에 눕혔다. 깬 녹색꼬리가 자신이 쓰러진 사정을 설명했다. 결국 버려진 것이다. 저주스러워,라고 그는 자신의 꼬리에 대해서 정의했다. 나는 할 말이 없어서 꼬리의 뛰어난 재생능력에 대해서 칭찬했다. 괜히 분위기만 썰렁해졌다.

우리는 처음에 우호적인 사이였고 대등한 상태이기도 했다. 내가 녀석을 우리 집에 머물게 해줬고 녀석은 내게 새로운 이야기를 많이 들려주었다. 녀석이 잘못한 점이 있다면 끊임없이 내게 '고맙다'고 말했다는 것. 고맙다는 말을 넘어서 아예 내가 자기의 목숨을 구해준 것처럼 말했다. 마치 세뇌라도 시킬 작정으로 끊임없이. 난 네가 아니면 죽었을 거라는 둥, 생명의 은인이라는 둥. 그 말이 그 말이라고 생각했고 결국은 며칠, 몇 달 더 우리 집에서 머무르게 해달라는 이야기라는 걸 알았지만 점점 녀석의 말에 세뇌되어갔다. 말하자면 이런 것. 내가 녹색꼬리를 구원해준 것이다. 그건 뭐랄까. 마치…… 신과 같지 않은가.

★

녹색꼬리의 말대로 문은 열려 있었다.
"어떻게 했어?"

녹색꼬리는 망설이더니 썩 자신 없는 목소리로 대답
했다.

"두드렸어."

"두드렸다고?"

"응."

그깟 정도로 문이 열렸다니, 맥이 빠졌다.

"얼마나?"

"모르겠어……."

"모른다니 말이 돼?"

"글쎄…… 열릴 때까지……?"

말도 안 되는 소리를 하는 녹색꼬리를 나는 또 두들겨
팼다. 아직 붓기가 가라앉지 않은 눈두덩하며 뒤통수, 복부
를 걷어차고 바닥에 쓰러진 녀석의 꼬리를 발로 짓이겼다.
아플까? 아프겠지. 아프라고 때리는 거니까. 되도록이면
많이 아파야 한다. 나를 좀 더, 훨씬 더 많이 굉장하다고 생
각할 수 있도록.

★

나를 구세주처럼 여기는 녹색꼬리에게 나는 신 행세를 했다. 녹색꼬리는 내가 시키는 대로 했다. 내가 시킨 일이 많지는 않았다. 그저 먹을 것을 구해 오게 하는 정도. 시키는 일을 제대로 못하면 몇 대 때려주고.

처음으로 녀석을 때렸던 건 이틀간 집을 비웠다가 돌아왔을 때였다. 어미와 아비를 잘 부탁한다 말하고 집을 비웠음에도 내가 돌아왔을 때 두 사람은 없었다. 대신 병든 악어 두 마리가 침대에 누워 있었다. 화가 난 내가 길길이 날뛰었지만 뻔뻔한 녀석은 끝까지 둘은 처음부터 이 상태였다고만 주장했다. 할 말이 없었다.

그 이후로는 특별한 일이 없어도 녀석을 두들겨 팼다. 녀석도 군소리 없이 맞았다. 한번은 녀석의 꼬리를 자르기까지 했다. 엄청난 속도로 재생된 꼬리는 그가 말할 때마다 꿈틀거려 상당히 거슬렸다. 그렇다고 내게 그걸 자를 권리가 있는 것은 아니었다. 그를 때릴 권리가 있는 것도 아니었다. 그저 내가 보여줄 수 있는 것이 그것뿐이었다. 녀석은 늘 나만 보면 뭔가 보여달라는 듯한 눈빛을 보냈는데 내가 보여줄 수 있는 건 별로 없었다. 내가 상상해낸 가장 굉장한 걸 보여줄 수밖에. 그러니까 나는 녀석의 기대에 부응한 것뿐.

★

　문밖에는 아무것도 없었다. 이유는 알 수 없지만 녹색꼬리는 밖을 보기를 거부했다. 무섭다고만 했다. 내가 문을 활짝 열고 밖으로 나가려고 하자 소리를 지르며 나를 말렸다.

"죽을지도 몰라!"

　나는 녀석을 비웃으며 문밖으로 뛰어내렸다. 죽으면 어때서. 녹색꼬리는 놀란 듯 입을 벌리며 한참을 아무 말도 않고 꼼짝없이 서 있기만 했다. 나는 '어때?'라는 표정으로 서서 녀석을 바라보았다. 녀석은 멍한 표정으로, 조금쯤은 아쉽다는 듯한 목소리로 말했다.

"안 죽는구나."

★

아주 오래전엔 사람들이 모두 문밖에서 살았다고 했다. 아무도 딱딱하지도 않았다. 하지만 언제부턴가 모두 문안으로 들어와야만 했다. 살아남기 위한 어쩔 수 없는 방법이었다고 했으니 어떤 이유에서건 아마 밖에서는 살아남을 수가 없었던 모양이다. 하지만 그것도 아주 오래전의 일이니 이젠 모든 것이 변했을 것이다. 다행이다. 맨발의 내 발가락 사이로 부드러운 것들이 파고든다. 손으로 그것을 움켜쥐었지만 손가락 사이로 스르륵 흘러내렸다.

★

우리가 살고 있는 곳은 하수구라든가 굴이라는 말이 더

어울리는 곳이었다. 낮은 천장에 매달린 어두운 조명은 거의 없는 것과 마찬가지인 희미한 불빛을 내뿜으며 점멸하고 있었고, 오래된 석문은 아무도 사용하지 않을 때에도 끙끙거리는 신음 소리를 냈다. 차가운 바닥은 늘 조금은 질척거렸고, 사방이 꽉 막힌 방 안에서 말할 때면 여러 갈래로 퍼져나간 목소리가 심각한 저음이 되어 되돌아왔다. 균열이 난 벽에서는 악취가 나는 검은 물이 살아남은 이들을 비웃는 듯한 속도로 교묘히 흘러내렸다. 그런 비웃음을 견뎌야 할 이유는 없잖은가.

그럼에도 나는 그 비웃음을 견뎠다. 견뎠다기보다는 비웃음인지조차 몰랐다. 맨 처음부터 그랬기 때문에 당연하다고 생각했다. 한편으로는 마비됐었는지도 모른다. 실험용 쥐처럼.

*

녹색꼬리가 앞장서고 내가 뒤따랐다. 한참을 걸어도 아

무엇도 나오지 않았다. 땅 위를 뒤덮은 것은 온통 모래였다. 그리고 문득 뒤를 돌아봤을 때, 우리가 돌아가야 할 문이 모래에 뒤덮여 사라져버렸다는 사실을 깨달았다. 나는 그 사실을 녀석에게 말하지 않았다. 녀석이 어쩌지?라고 물었을 때 들려줄 해답이 없었기 때문이다.

*

"돌아갈까?"

녹색꼬리가 여전히 걸으며 물었다. 내가 아무런 대답도 하지 않자 다시 덧붙였다.

"계속 가봤자 아무것도 안 나올 것 같아."

나도 줄곧 생각하고 있던 사실이었다. 나는 간신히 입을 열었다.

"그냥 계속 가."

우리에게 돌아갈 곳이 없어졌어,라는 말은 하지 않았다.

★

얼마나 오래 걸었는지 모르겠다. 아무것도 먹지 않고 마시지도 않으면서 우리는 한참을 걸었다. 내가 기억하는 것은 내 주머니에 어미의 등에서 떼어 온 비늘 하나가 들어 있다는 것. 나는 주머니에 손을 넣고 그것을 매만지며 걸었다. 그것은 딱딱했고 조금씩 닳아 없어지는 것 같았고 점점 물러졌다. 등골이 오싹해졌다. 이상하게도 그 섬뜩함은 내가 계속 걸어야 할 이유가 되어주었다.

처음부터 비늘을 가져와야겠다고 생각했던 것은 아니었다. 솔직히 말하자면 그건 기념품 같은 거였다. 지난 생활을 정리하는 의미에서 지난 생활을 상징할 만한 무언가가 필요했다. 그런데 우리 집에는 물건이란 게 남아 있지 않았으므로 가져올 것이 없었다. 그러다 눈에 띈 것이 어미일지도 모를 악어의 비늘이었다. 어쩌면 처음부터 다시는 돌아오지 않으리라 생각했었는지도 모르겠다. 돌아가고 싶지 않았다. 지나간 날과 다름없는 날이 반복되는 곳으로는. 나는 계속해서 앞으로 나아가고만 싶었다. 그럼에도 자꾸만 뒤를 돌아보고 있다는 사실도 알았다. 놀랍게도 녹색꼬리는 단 한 차례도 뒤돌아보지 않는 것 같았다. 나는 그 사실이 존경스러웠으나 내색하지 않았다. 녀석에게 내가 자신을 존경스러워하고 있다는 사실을 들키게 되면 우리 사이의 질서는 무너지고 말 것이다. 그럼 누가 신 행세를 한단 말인가. 우리에게는 반드시 신이 필요하다.

신에 대해 잘 모르는 사람들을 위해 한마디하자면, 그는 단 한 사람만을 위해서 귓속에 속삭이는 존재 같은 것이다. 그러니까 신은 무언가 일을 벌이는 존재가 아니라 끊임없이 속삭이는 존재이다. 그저 속삭이기만 할 뿐이다. 녹색꼬리가 우리를 위해서 무엇을 속삭일 수 있겠는가. 고작 돌아가자는 말뿐일 것이다. 신이 그따위 말을 속삭일 리가 없다.

나는 신인 기분을 만끽했다. 계속 나아가라고 속삭였다. 녹색꼬리는 군말 없이 내 뜻에 따랐다. 돌아가고 싶으면서도 절대 뒤를 돌아보지 않는 인내심은 놀라웠으나 돌아보

고 나면 돌아가지 않을 수 없으리란 걸 스스로도 잘 알고
있었기 때문일 것이다. 어디로 가야 할지는 나도 몰랐다.
무언가 발견하는 것, 고민하는 것, 깨부수는 것은 언제나
녹색꼬리의 몫이었다.

★

“저거 보여?”

앞서가던 녹색꼬리가 걸음을 멈추고 물었다. 손가락으
로 가리키는 곳을 열중해서 보았으나 아무것도 보이지 않
았다. 뿌연 모래바람만이 거대한 장막을 만들어놓고 있을
뿐이었다.

“뭐 말이야?”

나는 조금 짜증이 나서 대답했다. 지쳐 있었다.

“못 봤어?”

“그러니까 뭐 말이야?”

“문이 있어.”

"문? 우리가 나왔던 문이 보인단 말이야?"

"아니, 다른 문. 훨씬 더 크고 훨씬 더 높아."

나는 녀석이 발견했다는 문을 찾아내려고 애썼으나 보이지 않았다. 그동안 녀석은 계속해서 문에 대해 떠들어댔다. 그것은 검은빛을 띠고 있긴 하지만 기본적으로 모래와 비슷한 색이라는 것. 그래서 잘 보이지 않으리라는 것. 우리가 나왔던 문이 우리 둘이 간신히 통과할 만한 크기였다면 저 문은 우리 같은 이 열 명이 나란히 서도 넉넉할 만큼 커다랗고 그만큼 또 높다는 것. 모래바람이 심하게 불어서 손잡이가 어디에 달려 있는지 보이지 않는다는 것. 내 눈에는 여전히 보이지 않았지만 결국 나는 보이는 척했다. 녀석에게 그 문을 향해 계속 걸어가라고 속삭였다. 모래바람이 점점 거세져 걷는 것마저 쉽지 않았고 심하게 목이 말랐다. 문득 심하게 돌아가고 싶어져 뒤를 돌아봤으나 여전히 문은 보이지 않았다. 녀석이 봤다는 그 문안에는 무엇이 있을까. 우린 간신히 문을 빠져나왔는데 할 수 있는 일이라곤 결국 다른 문으로 들어가는 것뿐이었다.

우리는 그 커다란 문으로 들어가기 위해 힘썼다. 녹색꼬리의 말은 시시각각 달라졌다. 문이 점점 더 가까워진다고 말해놓고는 다음 순간 문이 보이지 않는다고 말을 고쳤다. 녀석을 때려주고 싶었지만 그럴 힘이 없었다. 내가 지쳤다는 것을 알려줄 필요는 없었다. 녀석을 때리지 않는 이유는 관대함으로 해석해주길 바랐다.

나를 실망시키고 싶지 않아서인지 그저 녀석이 바랐기 때문인지는 알 수 없지만 녀석은 문으로 들어가기 위해 최선을 다했다. 나는 더는 걸을 힘이 남아 있지 않았으므로 문을 찾아낼 때까지 녀석이 하는 짓을 지켜보기로 했다. 녀석에게는 우리가 계속 문을 찾지 못하고 실패하는 이유를 찾기 위해서는 누군가 지켜볼 사람이 필요하다는 말로 둘러댔다. 녀석은 내 말을 완전히 이해한다는 듯 비장하게 고개를 끄덕였다. 내가 눌러앉은 곳은 제법 높은 모래언덕이었다. 녀석은 문이 있다고 짐작되는 곳을 손가락으로 가리키고는 그곳을 향해 걸어가기 시작했다. 나는 녀석의 뒷모습을 지켜보았다. 아마 녀석의 의지와는 크게 상관없이 꿈

틀대는 꼬리는 온통 흙빛인 시야 속에서 도드라져 보였다. 그걸 보고 있자니 나도 모르게 킥킥 웃음이 터져 나왔다.

녀석이 시야에서 완전히 사라질 때까지는 오랜 시간이 걸리지 않았다. 녹색꼬리는 점점 멀어졌고 점점 희미해졌다. 그걸 보니 왠지 화가 치밀었다. 뭔가 해낼 수 있다고 믿으며 나서는 꼴이라니. 아마 실패하고 지쳐 녹초가 되어 돌아오겠지. 모래바람은 조금 잦아들었다. 입안에서 버석거리는 모래를 잔뜩 끌어모아 침을 퉤 뱉고 고개를 들었을 때 녀석이 그토록 보이지 않냐고 묻던 커다란 문이 보였다. 나도 모르게 자리에서 벌떡 일어났다. 그 문 앞에 녹색꼬리가 서 있었다. 모래바람이 세차게 불어와 질끈 눈을 감았다 다시 떴을 때, 문도 녀석도 더는 보이지 않았다. 녀석의 이름을 크게 불러보고 싶었지만 내가 혼자가 되었다는 걸 모두에게 고백하고 싶지는 않았다. 물론 거기엔 나뿐이었다. 그 고백을 가장 듣고 싶지 않은 사람이기도 했다. 녀석의 이름이 크게 울려 퍼지고 난 다음 아무런 대답도 돌아오지 않는다면? 모두들 내가 혼자 남았다는 사실을 눈치채겠지.

그럼 사방에 흩어져 있던 고독이 먹잇감을 발견한 듯 순식
간에 내게로 달려와 끈덕지게 들러붙을 것이다.

*

내가 찾고 싶은 것이 녹색꼬리인지, 문인지는 알 수 없었
다. 바람이 멎고 다시 문이 보였을 때 순간 안도했지만 한
편으로는 겁이 나기도 했다. 녹색꼬리가 보이지 않았다. 녀
석은 문안으로 들어간 것일까? 나를 부르지도 않고 혼자
서? 내 허락도 없이? 만약 그렇다면 나는 녀석을 찾아서
어떤 말을 해줘야 할까. 아니 말보다는 행동으로. 아니 녀
석을 찾을 수나 있을까. 나는 간신히 문을 향해 걸어갔다.

*

나는 많은 것을 확인하기가 두려워서 문에 도착하는 순
간을 영원히 지연시키고 싶었다. 한편으론 누군가가 나를

찾아내기 전에 얼른 안으로 들어가야 한다는 생각뿐이었다. 마음의 준비가 덜 된 상태로 나는 문 앞에 도착했다. 거기에는 녹색의 꼬리가 하나 떨어져 있었다. 분명 녀석의 꼬리였다. 많은 감정이 솟아났다. 누가 녀석의 꼬리를 자른 것일까? 문 안쪽에서 누군가가 튀어나와 녀석의 꼬리를 자르고 데려간 것은 아닐까. 그게 아니라면 설마. 스스로 자른 것일까? 녀석은 스스로 꼬리를 자를 수가 있나? 만약 그렇다면 왜 잘랐을까.

멀리서 보고 잿빛이라고 생각했던 문은 생각보다 훨씬 더 흙빛에 가까웠다. 뒤편은 모래에 파묻혀 있었다. 문을 세게 밀어보았으나 좀처럼 열리지 않았다. 손잡이도 보이지 않아 어떻게 열어야 하는지 알 수 없었다. 언젠가 녀석이 그랬다는 것처럼 세게 두드려도 보았지만 꿈쩍도 하지 않았다. 이제 기대할 것은 문이 저절로 열리는 것뿐. 어쩌면 내가 오기를 기다리고 있던 녀석이 문을 열어주지 않을까.

★

그런 일은 일어나지 않았다. 문 앞에는 나와 잘린 녹색의 꼬리뿐.

★

나는 녹색의 꼬리를 집어 들어 멀리 던져버렸다.

★

문에 기대고 앉아서 문안에서 있었던 일들을 떠올렸다. 이 안으로 들어가면 다시 그런 날들이 펼쳐지는 것 아닐까. 어미와 아비가, 악어 새끼들이 나를 기다리고 있는 건 아닐까. 녹색꼬리는. 어떻게 된 걸까. 나를 기다리고 있을까.

★

수많은 질문을 던졌으나 내가 답할 수 있는 건 아무것도 없었다. 맨 처음부터 지금까지, 줄곧 그랬다.

★

모래바람이 또 한 차례 나를 훑고 지나간다. 눈을 질끈 감았다.

★

신이 되고 싶다. 신은 언제나 어디서나 곤란하지 않겠지.

★

망설이지도 않겠지.

★

후회하지도 않고.

★

물론 존재하지도 않는다.

★

한 권의 책을 가지고 집으로 돌아갔던 날이었다. 악어인 채로 누워 있는 어미와 아비를 발견하고 녹색꼬리를 죽어라 두들겨 팼던 날. 낡고 바래 잘못 건드리면 바스러질 것 같았지만 내가 가져간 것은 분명 책이었다.

"그게 뭐야?"

녹색꼬리는 어느새 내 옆으로 기어와 책을 들여다보고 있었다.

"책."

나는 침묵 속에서 책장을 넘겼다. 책장을 넘기던 내 손이 멈춘 것은 어떤 그림에서였다. 온통 흑백인 데다가 빽빽하게 글자만 있던 다른 페이지들과 달리 그곳에는 어떤 그림이 그려져 있었다. 아주 큰 시옷에 조금 작은 시옷을 얹고 그 위에 더 작은 시옷을 얹은 데다가 꼭대기에는 노란색의 무언가가 달려 있었다. 전체적인 색깔은 녹색꼬리의 꼬리색과 꼭 같았다.

한참을 들여다보던 녹색꼬리는 그림 아래를 짚으며 '크-리-스-마-스'라고 말했다. 거기에 그렇게 써 있다고.

★

어떤 시대엔가 사람들은 크리스마스라는 것에 다다르면 서로 선물을 주고받고 나무에는 갖가지 빛나는 것들로 장식도 했다. 그것은 누군가가 태어난 날이었다. 그것이 한 번씩 돌아온다고 했는데 나는 그 말을 이해할 수 없었다. 이미 지나간 날이 다시 돌아온다니. 말도 안 되는 소리였다. 그건 내가 태어난 날이 잊을 만하면 한 번씩 돌아오고 그때마다 다시 또 '내'가 태어난다는 말처럼 들렸다. 그것은 끔찍한 일이 아닌가.

"그건 우리의 문을 만든 사람에 관한 이야기래. 어쩌면 우리 모두를 만든 사람일지도 모른대."

녹색꼬리는 상기된 표정으로 말했지만 그건 틀린 말이다. 나를 만든 사람은 어미와 아비였다.

나는 알과 함께 태어났다. 어미는 먼저 나를 낳았고 뒤이어 알을 하나 낳았다. 알이라니. 어미도 제정신이 아니었던 모양이다.

어미와 아비는 한동안 내 쌍둥이 격인 알을 열심히 품었다. 하지만 좀처럼 내 쌍둥이 동생은 알을 깨고 나올 생각을 않았다. 결국 어느 밤 어미인지 아비인지 모를 누군가가 알을 깼고 바닥은 한동안 동생이 되었을지도 모를 무언가로 미끌거렸다. 알을 깨고 난 후 두 사람은 끝없는 잠에 빠져들었기 때문에 그 미끄러운 것을 닦아내는 것 역시 내 몫이었다. 동생의 흔적을 닦아내며 생각했다. 나도 이 알과 같이 태어났을까. 어미는 열심히 나를 품고 내가 그 구를

깨고 빠져나올 때까지 기다렸을까. 도대체 왜. 내가 필요했
을 것이다. 살아남기 위해. 미라처럼 긴 잠에 빠진 둘을 보
존하고 세계가 다시 가능해졌을 때 자기네들을 흔들어 깨
울 사람이. 미안하게 생각한다.

*

녹색꼬리는 나에게 미안한 마음을 가지고 있을까. 그건
왠지 참을 수 없을 것 같다.

*

나는 계속 문을 열기 위해 애썼다.

*

바람이 불면 몇 가지 변화가 생겨난다는 것을 알았다. 센

바람이 불자 문 뒤편의 모래가 죄다 날아갔고 문이 모습을 드러냈다. 문은 거대한 기둥처럼 생겼고 나는 그제야 그것이 문이 아닐지도 모른다는 사실을 알아차렸다. 문의 형태를 더 자세히 살펴보기도 전에 하늘에서 물이 쏟아졌다. 나는 문에 바짝 붙었다. 차라리 문을 열고 나오지 말 걸 그랬나. 거기선 모두 잠잠하니까. 이렇게 격렬하게 바람이 불지도 않고 물이 쏟아져 내리지도 않고 고요하니까. 나 역시 가만히 머물기만 하면 되니까.

문에 기대어서 물이 쏟아지며 웅덩이를 만드는 것을 보았다. 만들어진 웅덩이로 또 물이 쏟아지며 물이 튕겨 나가는 것도 보았다. 내 얼굴을 적시는 것을 느꼈다. 온몸이 무방비 상태로 물에 젖어드는 것은 다행히도 그리 나쁜 기분은 아니었다. 바람이 멈추자 물은 아무 일도 아니라는 듯 차분하게 쏟아져 내렸다.

한참 만에, 물이 더 이상 쏟아지지 않게 됐을 때 위쪽에서 녹색의 꼬리가 후두두두두둑 떨어졌다. 사실 그것은 녹색의 꼬리는 아니었다. 녹색의 꼬리처럼 생긴 녹색의 얇은

무엇이었다.

★

거대하게 밑바닥을 형성한 문은 위로 올라갈수록 갈라
지고 쪼개지며 기괴한 형상을 만들어내고 있었다. 녹색의
얇은 그것은 거기에 달려 있었다. 물이 쏟아지기 전에는 미
처 발견하지 못했던 것들이었다. 그리고 그 사이에 녹색꼬
리가 몸을 기대고 누워 있는 것이 보였다. 가슴속에서 단단
하게 덩어리져 있던 것이 와르르 무너지며 몸 구석구석 퍼
져나가는 것이 느껴졌다. 이토록 가슴 벅찬 붕괴가 있을까.
녹색꼬리는 거기에 있었다. 악어가 되어.

★

사람은 누구나 자신만의 신을 발견하기 위해 살아간다
고 했다. 녹색꼬리는 나의 존재는 까맣게 잊은 듯 잠들어

있었다. 나는 녹색꼬리가 나의 신이라는 사실을 인정하지
않을 수 없었다. 나의 신이 그토록 끔찍한 존재라는 것을
받아들이고 싶지 않았다. 하지만 나를 전보다 조금 더 나은
존재로 이끌어주는 것을 신이라 불러도 좋다면 녀석은 분
명 나의 신이었다.

★

신은 나를 용서해줄까?

★

나는 문에 몸을 살짝 기대었다. 조금은 편해졌다. 좋은
것이다. 기댈 만한 곳이 있다는 것은. 녹색꼬리도 나와 같
은 것에 몸을 기대고 있었다. 내가 녹색꼬리를 위해 존재
한다거나 녹색꼬리가 나를 위해 예비된 것은 아니지만 내
가 있고 더불어 녹색꼬리가 있어서 그럭저럭 견딜 만해졌

다는 것을 부인할 수가 없다. 이제 와서는 나는 아마 녹색 꼬리 같은 것이지 않겠는가, 하고 생각하고 있다. 그러니까 나무라는 것은.